Luces de Bohemia

Clásica
Teatro

RAMÓN DEL VALLE-INCLÁN

LUCES DE BOHEMIA

ESPERPENTO

Edición de Alonso Zamora Vicente

Guía de lectura y glosario de Joaquín del Valle-Inclán

AUSTRAL

Obra editada en colaboración con Editorial Planeta – España

Ramón del Valle-Inclán

Bajo el sello editorial AUSTRAL M.R.
Avenida Presidente Masarik núm. 111,
Piso 2, Polanco V Sección, Miguel Hidalgo
C.P. 11560, Ciudad de México
www.planetadelibros.com.mx

Diseño de la colección: Compañía

Primera edición impresa en España en Austral: julio de 2010
ISBN: 978-84-670-3327-4

Primera edición impresa en México en Austral: septiembre de 2022
ISBN: 978-607-07-8930-4

Esta edición dispone de recursos pedagógicos en www.planetalector.com

Impreso en los talleres de Litográfica Ingramex, S.A. de C.V.
Centeno núm. 162-1, colonia Granjas Esmeralda, Ciudad de México
Impreso en México – *Printed in Mexico*

Biografía

Ramón del Valle-Inclán (Villanueva de Arosa, 1866–Santiago de Compostela, 1936) fue un novelista, poeta y autor dramático español, además de cuentista, ensayista y periodista. Inicia estudios universitarios, pero no termina la carrera de Derecho, ya que muy pronto se decanta por la literatura. Tras pasar una temporada en Madrid, marcha a México donde escribe para la prensa y, sobre todo, conoce y asimila el Modernismo. Vuelve a Madrid y se incorpora a la vida cultural y bohemia de la ciudad como promotor del Modernismo. Provocativo y extravagante, su estilo literario evolucionó desde un exuberante modernismo y un maduro expresionismo hasta sus peculiares composiciones esperpénticas. De entre sus obras destacan *Sonata de primavera*, *de estío*, *de otoño* y *de invierno*, que suponen la culminación del modernismo español; *Águila de blasón*, la primera de sus llamadas comedias bárbaras; *La lámpara maravillosa*, resumen de su estética y ética; *La cabeza del dragón*, y *Luces de Bohemia*.

ÍNDICE

LUCES DE BOHEMIA
ESPERPENTO

INTRODUCCIÓN

I

VIDA Y OBRA DE VALLE-INCLÁN

Ramón M.ª del Valle-Inclán nació en Villanueva de Arosa (Pontevedra) el 28 de octubre de 1866, en el seno de una familia de cierto abolengo, tanto de sangre como intelectual. Hizo sus primeros estudios en Pontevedra y Santiago. En la Universidad compostelana se matriculó en la Facultad de Derecho, entre 1886-1889, pero sus estudios no se caracterizaron ni por la utilidad ni por el brillo. En este aspecto es Valle-Inclán, como todos los integrantes de su generación, un autodidacta, una persona que se ha ido haciendo al pasar de los días a fuerza de lecturas diversas y de enamorada visión de su mundo circundante. En este período se irá conformando su aguda sensibilidad literaria. Tras la muerte de su padre y con algún fracaso de estudiante a cuestas, en 1890 se traslada a Madrid.

Recién llegado de una Compostela arcaizante en la que privaban las formas de vida isabelina, con sus reuniones de regusto romántico, repletas de formulismos e inhibiciones, se encuentra con el Madrid desenvuelto del género chico, arrastrado a una enorme y tumultuosa burla de todo, enzarzado en un sentimentalismo que recordaba, grotescamente, al del teatro clásico: amor, celos, honra, sátira... Es, en fin de cuentas, la gran mentira que disimulaba la decrepitud de unas formas político-sociales que iban derechas a su consunción. Valle comienza por publicar cuentecillos, artículos de crítica, etc. Estos breves asomos literarios se repiten en periódicos de México, adonde marcha en 1892 y de donde regresa a España en 1893. En las actividades literarias mexicanas se fija su nombre literario de Valle-Inclán. Pero esos meses mexicanos le valieron sobre todo literariamente para asimilar el modernismo en su integridad. Ya en España aparece en 1895 su primer libro: *Femeninas (Seis historias amorosas).* En varias de ellas, que reflejan amplias lecturas de literatura francesa contemporánea, está el esbozo de lo que serán más tarde algunas de sus novelas más famosas; así, por ejemplo, *La Niña Chole* anuncia la *Sonata de Estío.*

En 1896-97 se decide Valle-Inclán a la conquista de un Madrid turbamulta de nombres e ilusiones, de bohemia y de buen sentido. Son años de amenaza de un siglo nuevo con signos muy diversos, en los que tantas fantasías se han quedado perdidas en las inacabables tertulias de los cafés. Gente joven que lucha por la fama, por la gloria literaria, y en la que quizá se ve un solo armónico: la rebeldía, el desacuerdo contra la anterior generación, la realista. En una de esas tertulias, esgrima de palabras y agudezas fácilmente injuriosas, tiene lugar el desgraciado lance con Manuel Bueno en el que Valle-Inclán resulta herido: un bastonazo choca con el brazo levantado en defensa y hunde en la carne el gemelo de la camisa. Resultado: una infección mal curada y la amputación del brazo izquierdo.

Pero su vida literaria continúa. Hasta 1902, fecha de *Sonata de Otoño,* publica Valle cuentos, artículos, hace traducciones... A partir de esa fecha crece constantemente su obra: *Sonata de Estío* (1903), *Sonata de Primavera* (1904), *Sonata de Invierno* (1905). Entre tales títulos han ido saliendo otros: *Jardín Umbrío,* reunión de diversas narraciones, y *Corte de Amor. Florilegio de honestas y nobles damas* (1903). De 1904 es la publicación de *Flor de Santidad. Historia milenaria,* que presenta un mundo milagrero y devoto, lleno de primitivismo poético, donde se mezclan las leyendas piadosas y un realismo descarnado. Toda esta producción inicial ha hecho de Valle-Inclán el máximo exponente del modernismo en prosa de la literatura española. Son estos unos años en los que se respira por todas partes una renovación, una explosión creadora de ámbitos insospechados. Una gran variedad de personalidades literarias coincide en Madrid en persecución de la gloria literaria: entre ellos, la obra de Valle-Inclán presenta unos perfiles muy definidos. Una voluntad de estilo artístico, una permanente exhibición de belleza porque sí, que contrasta vivamente con la literatura anterior, la realista, fotográfica y gris. Las *Sonatas* nos ofrecen una visión artística de la existencia, cargada de erudición, de peso romántico, de lujo y aristocracia mezclados con un satanismo decadente: son el reflejo de un tiempo y de una estética literaria.

Tras su matrimonio con la actriz Josefina Blanco, su producción se continúa con la serie de las *Comedias Bárbaras: Águila de Blasón* (1907), *Romance de Lobos* (1908) y *Cara de Plata* que aparecerá años más tarde, en 1922. Comienza ya a plantearse el problema de un teatro social, que acabará por ser la meta del esperpento. Asoma aquí el pueblo, no la plebe, es decir, la conciencia de todos, el vasallo y el señor, el clérigo y el seglar, envueltos todos en torrencial tumulto de pasiones. De 1907 es además *Aromas de Leyenda. Versos en loor de un santo ermitaño.* En 1908 comienza la publicación de *La Guerra Carlista,* con *Los Cruzados de la Causa,* seguido en 1909 por *El Resplandor de la Hoguera* y *Gerifaltes de Antaño.* La contribución de Valle al tema de las crueles guerras civiles del siglo XIX es excepcional. En ellas percibe no sólo las disputas dinásticas, sino por debajo de ellas, el derrumbamiento de una aristocracia rural y el auge de una nueva casta social repentinamente enriquecida por la desamortización o inficionada de liberalismo.

En la obra teatral perdura todavía el regusto modernista en *La Cabeza del Dragón* (1910), *Cuento de Abril* y *Voces de Gesta, Tragedia pastoril* (1911). Pero en 1913 *La Marquesa Rosalinda* transparenta algunas formas burlescas que hacen presagiar un cambio de orientación. Tras ocupar un año una cátedra de Estética en la Escuela de Bellas Artes, de Madrid, e intentar convertirse, fugazmente, en agricultor, en 1916 publica lo que va a ser un interesante documento de su visión estética, *La Lámpara Maravillosa.* Es el año en que visita el frente francés y esboza su propia visión de la Gran Guerra en *La Media Noche. Visión estelar de un momento de la guerra* (1917). Con los años, el arte de Valle-Inclán ha ido acentuando sus perfiles grotescos, subrayando la broma o las situaciones ridículas. En los versos de *La Pipa de Kif* (1919) domina ya el clima de sarcasmo, de burla... Así llegamos a 1920, año decisivo en nuestro autor. De entonces datan *La Enamorada del Rey, Farsa y Licencia de la Reina Castiza, Divinas Palabras* y LUCES DE BOHEMIA, primer esperpento. Un hilo soterraño anuda estas producciones: un raudal del declarado escarnio, de preocupación por la realidad político-social, a la vez que un desgarramiento en el trato de personajes y del idioma. Paso a paso crece en hondura y rigor expresivo la obra de Valle-Inclán, en busca de nuevos horizontes que en esencia son los mismos de siempre, a los que va dotando de complicada intencionalidad y de verdad estremecida e inesquivable. Si *Divinas Palabras* supuso el éxito entre el público entendido que vio en la obra la regeneración del teatro nacional, LUCES DE BOHEMIA apuntará hacia el pueblo como héroe colectivo.

Bajo el título de *Martes de Carnaval* (1930) recogió Valle tres esperpentos: *Los Cuernos de Don Friolera* (1925), *Las Galas del Difunto* (1926) y *La Hija del Capitán* (1927). Toda su obra subsiguiente está seriamente vestida de esperpentismo. Surge por todas partes un proceso de mueca desengañada y amarga, de estilización de personajes y temas, a vueltas con la queja social y política. En 1926 aparece su novela *Tirano Banderas*. En ella condensa la atmósfera de una dictadura en un imaginario país sudamericano, irreconocible en el mapa, pero palpitante en su hondura y en su desalentada verdad. Destaca la valiosa y atrevida amalgama de elementos lingüísticos de todo tipo, con predominio de giros y léxico del español americano. Animalizaciones, situaciones exageradas, deformación sistemática de personas y cosas constituyen la mirada deformante con que la realidad cotidiana se refleja en la novela, en perfiles inquietantes.

Estos mismos rasgos se contraen a la geografía española en las novelas de *El Ruedo Ibérico: La Corte de los Milagros* (1927), *Viva mi Dueño* (1928) y *Baza de Espadas. Vísperas Septembrinas* (de 1932, apareció el libro en 1958). Valle recala en las postrimerías del reinado de Isabel II, en una corte repleta de trampas, ineficacia política y falsa moral inoperante. La realidad española aparece doliente y maltratada, cabeceando de ruina en ruina, entre asonadas de violencia o degradación brutales.

La instauración de la Segunda República en 1931 trajo a Valle, persona embarcada en el desprestigio de la dinastía, fugaces honores y auténticos disgustos. Una corta temporada en Roma como director en la Escuela Española de Bellas Artes precedió a su vuelta, ya muy enfermo, en 1935, a un sanatorio en Santiago de Compostela. La noche de Reyes de 1936 le vio ya cadáver.

II

LUCES DE BOHEMIA

UN NUEVO MIRAR LA VIDA DESDE LA LITERATURA: EL ESPERPENTO

Primer esperpento de don Ramón del Valle-Inclán, LUCES DE BOHEMIA apareció por primera vez en la revista *España* en 1920 (del 31 de julio al 23 de octubre). En libro, con muy significativas variantes, en 1924. Con esta obra nace para la vida literaria un nuevo término retórico: esperpento. Una voz traída del hablar popular, que designa lo feo, lo ridículo, lo llamativo por escaparse de la norma hacia lo grotesco o monstruoso, servirá, de aquí en adelante, para designar un nuevo arte en el que no es difícil percibir, aunque sometidos a una íntima geometría, los rasgos que designa esa voz. Esperpento, un nuevo modo de mirar el contorno desde la literatura.

Siempre que, por una u otra razón, nos hemos acercado al esperpento, la cita de los espejos del callejón del Gato ha sido forzosa:

> Los héroes clásicos han ido a pasearse en el callejón del Gato. Los héroes clásicos reflejados en espejos cóncavos dan el Esperpento. Las imágenes mas bellas, en un espejo cóncavo, son absurdas. (Esc. XII).

He aquí, transcrita, la cita inicial de lo que ya se ha convertido en un lugar común. Los espejos cóncavos como fuente de toda deformación, y los concretos espejos del callejón del Gato como recurso para explicar esa deformación en los que aún alcanzamos a ver, en la pared de una callejuela madrileña, los famosos espejos, reclamo de inocentes miradas, de burlas al pasar. Pero ¿cómo reducir esos espejos a su justo lugar? ¿Es posible subordinar el nacimiento de una forma literaria a la condición previa de unos espejos? Digamos que no e intentemos razonarlo.

No hace falta una profunda exégesis para destacar que lo verdaderamente importante es la visión deformadora que devuelven tales espejos:

> El sentido trágico de la vida española sólo puede darse con una estética sistemáticamente deformada...; deformemos la expresión en el mismo espejo que nos deforma las caras y toda la vida miserable de España. (Esc. XII).

En el libro urge, pues, ver una llamada a la ética, una constante advertencia y corrección. Y a la vez, conviene tener en cuenta ese «deformemos», afirmación clara de voluntad de estilo que es el pasar la vida toda por un sistema deformador.

Al estudiar las *Sonatas* ya destaqué la relación existente con Goya. Desde sus primeros libros Valle cita a Goya. Pero es en LUCES DE BOHEMIA donde el paralelismo se pone en evidencia: «El esperpentismo lo ha inventado Goya». (Esc. XII). Hay algunos de los dibujos goyescos, quizá los más conocidos, en los que es muy palpable la transformación: el petimetre que, ante el espejo, ve su imagen trocada en la de un mono; la maja que, en igual situación, contempla una serpiente enredada a una guadaña; el militar trocado en gato enfurecido, de enhiestos bigotes, etc.

Sin embargo, el espejo es una coincidencia, y, como siempre, el resultado intelectual de una visión interior del artista. Más podrían valernos los numerosos casos de mezcla de formas humanas y animales que llenan las planchas de la serie (monos, aves, asnos, etc.). Y junto con Goya, ¿por qué no pensar también en el Bosco ante la universal mueca que el esperpento refleja?

En cuanto al espejo como materia de logro literario, nos quedaría todavía por considerar su vigencia como motivo folclórico, tan vivo en narraciones e historias de valor tradicional, que fácilmente pudo ser reinterpretado por Valle-Inclán. Pero lo cierto es que él habló de unos espejos precisos, reales, exactos, que los primeros lectores de LUCES DE BOHEMIA podían ver y buscar en la calle del Gato, atajo para ir de los numerosos cafés del centro al Ateneo, al Teatro Español, de vuelta de innumerables tertulias donde Valle vio reflejadas conversaciones, actitudes, aquiescencias, profesiones... Aceptémoslo como una más de sus copiosas invenciones, quizá como una de tantas apostillas del escritor decididamente visual que fue Valle-Inclán, explicación que ha trascendido para siempre la existencia de ese pasadizo oscuro, triste, camino de ninguna parte.

EN LA LÍNEA DE LA PARODIA

Pero no podemos detenernos únicamente en la explicación de los espejos para comprender la concepción del esperpento como un todo armónico. De la lectura de LUCES DE BOHEMIA brota indudablemente un impreciso regusto de sainete, de zarzuela con tonillo de plebe madrileña y ademán desgarrado. El hálito de mayor entidad es el que atañe al idioma: voz de la calle madrileña, cultismo y argot reunidos, creaciones metafóricas momentáneas, acunadas por una brisa de veces coloquial, a veces leguleya. El léxico de los sainetes y del género chico lo reencontramos, revestido ya de dignidad literaria, en LUCES DE BOHEMIA.

Dentro de ese género chico hay una variante de particular interés. Se trata de una ladera que, preocupada fundamentalmente con la burla, la broma, coloca ante un imaginario espejo cóncavo otras obras de cierta importancia. Creo que en esta manifestación paródica de la literatura teatral hay un claro antecedente del esperpento. Valle-Inclán aprendió aquí procedimientos, audacias, sesgos de burla o de escarnio. Había en esa literatura paródica algo muy próximo a la deformación grotesca del esperpento, lograda a fuerza de una consciente degradación, de un tozudo rebajamiento en la escala de valores. Fama extraordinaria alcanzó en esta faceta, por su habilidad paródica y su fecundidad, Salvador María Granés, autor, por ejemplo, de *La Golfemia,* parodia de *La bohème,* de Puccini, o del trueque de *La Dolores,* de Bretón, en *Dolores... de cabeza,* etc. El genio de Valle-Inclán brilla al elevar un género de subliteratura a la categoría de arte.

TRASFONDO REAL DE LA ESCENA

Se cuenta en LUCES DE BOHEMIA un dantesco viaje: la peregrinación nocturna de Max Estrella, andaluz hiperbólico, poeta de odas y madrigales, guiado por su *alter ego,* don Latino de Hispalis, por diversos lugares madrileños (librerías, tabernas, delegación de policía del Ministerio de la Gobernación, lugares de erotismo vergonzante, cafés de cierto renombre), hasta verle morir en el quicio oscuro de su propia casa. Todo el mundo está de acuerdo en que detrás de ese desventurado personaje se esconde la figura de Alejandro Sawa, poeta y escritor que muere ciego y loco, en Madrid, en 1909, dentro de la más escalofriante pobreza. Citas, testimonios, recuerdos, alusiones, etc., nos traen al borde de las páginas de LUCES DE BOHEMIA una desalentadora verdad, la de la vida y peripecias de este sevillano grandilocuente y casi fantasmal, envenenado de literatura y de bohemia, cuya muerte en la miseria debió de conmover hondamente a los jóvenes literatos, a los que luchaban denodadamente por un nombre, por la fama. Igualmente son reconocibles los personajes más destacados que se citan en la trama del esperpento. El librero Pueyo, editor del modernismo poético, que aparece bajo el nombre de Zaratustra, y su librería; Ciro Bayo (don Gay Peregrino), fácilmente identificable tras su charloteo y sus citas; Pedro Luis de Gálvez, sonetista excelente, que ha llenado de tragedia y de anecdotario tremendo la historia de los primeros treinta años del siglo; Rubén Darío, que aparece admirablemente retratado en su papel de gran sacerdote de una poesía deslumbradora que provocó grandes reacciones. El ministro Julio Burell, que tanto y tanto tuvo que ver con los intelectuales del tiempo; Ernesto Bark (Basilio Soulinake), autor de varios libros, refugiado eslavo, gran amigo del poeta muerto, y del que, indudablemente, Valle-Inclán recordaría algo más que la pura irrisión, desmesurada e inoportuna, que vemos en el entierro de Max Estrella. Y Dorio de Gadex, el escritor y crítico que alcanzó una cierta fama, que vivió del sablazo y que murió ignorado, dentro de un olvido verdaderamente atroz y sin riberas. Y tantos más. Desfile alucinante de gentes alicaídas, a las que la vida ha zarandeado como muñecos, como personajes de un gran guiñol, y que Valle resucita pasajeramente, desde un hondo rincón de la memoria, para enseñarlos, ejemplarmente, en lo que tienen de dolorido fracaso. Y moviéndose todos en un contorno que llama directamente a la voz de cada día: Unamuno, Alfonso XIII, la Infanta Isabel de Borbón, Pastora Imperio, Antonio Maura, Joselito, el Marqués de Alhucemas... Una humanidad a la que las conmociones sociales visten de súbita resonancia temerosa. Y todos hablan con sabor de sainete, con la voz de la calle madrileña, empañada de nocturnidad, churros y aguardiente. Rasgada, violenta, exclamatoria, achulapada, a veces obscena, a veces orlada de poesía elemental, directa y conmovida.

TRASFONDO LITERARIO

Un rasgo que define certeramente el arte de Valle-Inclán es el culto a la literatización. Es uno de los recursos más utilizados en el arte paródico, un hecho de claro abolengo modernista que deja en las *Sonatas* de Valle ejemplos de tal voluntad. Un proceso asequible y chocarrero de citas ajenas, de sabiduría de café, que se esgrime frecuentemente, con fines muy diversos. Al acercarnos a LUCES DE BOHEMIA nos asalta por todas partes la presencia de la «literatura», en citas, en recuerdos, en alusiones simuladas, en nombres concretos. Recodemos a continuación algunas muestras de entre la innumerable sucesión de citas mutiladas, difuminadas en la conversación.

Al entrar Max Estrella en la librería de Zaratustra, saluda con la expresión calderoniana:

> ¡Mal Polonia recibe a un extranjero! (Esc. II).

Dorio de Gadex saluda, dirigiéndose a Max, con el rubeniano:

> ¡Padre y Maestro Mágico, salud! (Esc. IV).

El redactor de un periódico, ante la conversación tumultuosa de los demás, grita:

> ¡Juventud, divino tesoro! (Esc. VII).

También es a la luz de la literatización como entendemos la escena del cementerio en LUCES DE BOHEMIA: se trata de una parodia del entierro de Ofelia en *Hamlet,* de Shakespeare.

La utilización de este procedimiento de literatización presentaba en las *Sonatas* una radical diferencia frente al empleo en LUCES DE BOHEMIA. Allí funcionaban las citas literarias, o artísticas en general, con «absoluta seriedad», dignificando las situaciones y aquilatando la exquisitez del autor, de los personajes y del ambiente total de la escenografía. Aquí, en LUCES DE BOHEMIA, domina, por el contrario, la absoluta desproporción. Los textos se desmoronan escandalosamente. El conflicto mental entre lo realmente evocado por la cita y la realidad de la situación que la provoca en la raíz de toda la expresividad cómica, paródica, que, al rellenarse de amargura o desencanto, tendremos que llamar siempre esperpéntica. A modo de ejemplo consideremos el saludo de Dorio de Gadex, «Padre y Maestro Mágico...», extraído de un responso (el maravilloso a Verlaine), que se cierra con un «¡salud!» dirigido al hombre que va a morirse en seguida. La anticipación funeral que el verso ilustre despliega hace que la amargura de la circunstancia se agrave considerablemente. En fin, cualquiera de las citas literarias recordadas en LUCES DE BOHEMIA participa de una mueca de desencanto, de implacable llamada a la aridez de la vida cotidiana.

LUCES DE BOHEMIA, SÁTIRA NACIONAL

Toda la crítica que se ha encarado con LUCES DE BOHEMIA ha intentado destacar de una u otra manera el aire de queja, de protesta que el esperpento encierra. Es verdad, pero también lo es que no se sabía con certeza contra qué o quiénes iba dirigida la protesta. Es indiscutible que con esa queja Valle-Inclán se incorpora al quehacer de sus colegas de generación, asaeteados por la preocupación de España. Mirando desde fuera, y en una primera ojeada, nos tropezamos con un Valle-Inclán que, ya saturado de una literatura preciosista, de princesas, salones, aristocracia, opulencias, etc., siente, como todo creador puro ha sentido alguna vez, la necesidad apremiante de las visiones directas, sencillas.

El contorno al cual Valle ha vuelto su mirada, lejos de literaturas, era una España caduca, sin aliento, sin ética. Una España que era la caricatura de sí misma. Es entonces, cuando la realidad circundante duele, o se presenta como una pena agravada y en presente, cuando querríamos perfeccionarla, volver a llenarla de sentido, darle el hueco justo y preciso que se merece. Y la realidad maltrecha se desgrana entre amargores, dejando ver los perfiles rotos de los figurones políticos, de la trampa social, de la inmoralidad administrativa. Esa es la España que aparece en LUCES DE BOHEMIA, una España sorprendida en trance de ruina, en desmoronamiento irremediable.

De ahí todo el continuo lamento que se desgrana página a página del libro. De esa crítica no se libra nada. Desde el Monarca hasta el último plebeyo, el bohemio que no tiene asidero en la vida. Lo verdaderamente desolador del esperpento inicial es ese desfile claudicante de gentes sin meta, sin alientos ni futuro. Todo es una crujiente cáscara. Detrás de esa cáscara sobrenada, y es preciso decirlo aprisa y alto, el afán reformador, el ansia de un «esto no puede seguir así, eso no sirve». Precisamente esa es la diferencia fundamental entre la crítica valleinclanesca y la de sus compañeros de generación. Hacia 1920, la protesta de los jóvenes escritores del 98 ya no tiene sentido. Está superada, eliminada.

LUCES DE BOHEMIA arremete contra «toda» una sociedad. Es, sin duda, la primera gran obra literaria española contemporánea en que desaparece el héroe, en que se olvida lo biográfico o argumental, personal, de devenir individual, para que sea una colectividad entera su personaje. De ahí ese repertorio múltiple y variopinto de sus héroes, procedentes de tantas escalas sociales, unos citados para ser puestos en sangrante evidencia, otros colocándose ellos mismos ante nuestros ojos con su egoísmo, su frivolidad, su palabrería vacua. No podemos ver en la sátira de Valle-Inclán un ataque contra una España trashumana y fantasmal, como era la de Azorín, la de Unamuno, sino que es más profunda. Ataca por igual a todos los que participan de una manera o de otra en la circunstancia. No se trata de una queja contra instituciones o contra personalidades, ni contra supuestos previos. Es una queja total, en la que se ve, repito, por vez primera una crítica colectiva. La lección de Valle ya no puede ser discutida: todos hemos de ser co-solidarios, co-responsables de nuestra verdad histórica, de la realidad política, vital y humana en la que nos tocó vivir. El lazo que le une a Goya, tan traído y llevado a propósito del esperpento, no es tanto el interés por los monstruos como el destacar que se trata de una totalidad: España, en la que caben o deben caber todos, desde la dinastía hasta el último ciudadano.

Enfocadas desde este ángulo las cosas, cambia mucho y se aclara el sentido de la crítica valleinclanesca. Asistimos a la burla de la bohemia, tan inoperante y estéril. Contemplamos la esquemática alusión a personajes desaparecidos y a personajes vivos, a los malos procedimientos de la administración, a los concursos literarios banales y con resultados de abrumadora mediocridad; asistimos a diálogos sobre la inutilidad de los servicios públicos, los tranvías, las comedias, los malos comediantes, las lecciones académicas. Oímos complacidamente el desajuste inarmónico entre las relaciones sociales (gobernantes en casa de un torero difunto, el ministro con pujos literarios). Nos anonada por su exageración grotesca la actitud de la colectividad ante las campañas africanas. Son puestos en la picota artistas al ser enjuiciados artísticamente. Se citan bailarinas, toreros, poetas fracasados y aferrados a su propio fracaso como a un deporte inevitable... Y oímos al industrial pequeño y alicorto, y al agente de la autoridad, y al sereno, y a los porteros solemnes de los ministerios, y al joven ingenuo que sueña todavía con la inmortalidad literaria, y a las busconas de la calle fría y desamparada... Y hasta a los animales domésticos. Una multitud que funciona como puede, en el engranaje de las horas lentas, irremediables, del vivir pesaroso, apenado, angustiado, de la pobreza, de la marcha hacia la nada total.

EL ARTE LITERARIO DEL ESPERPENTO

El esperpento supone una quiebra del sistema lógico y de las convenciones sociales. Estructuralmente puede reducirse a una *superposición* de los modelos pertenecientes a campos semánticos opuestos y disonantes. A veces, lo guiñolesco se superpone a lo personal y los hombres son vistos como fantoches; así, don Latino «guiña el ojo, tuerce la jeta y desmaya los brazos como un pelele». Otras, lo humano es comparado a lo animal —Rubén está «como un cerdo triste»— o, viceversa, lo animal aparece humanizado: «Un ratón saca el hocico intrigante por un agujero». Finalmente, los objetos inanimados se vivifican: «el grillo del teléfono se orina en el gran regazo burocrático».

Pero el gran brillo, el prodigio permanente del esperpento es la deformación idiomática. Los personajes hablan desde ángulos que no son los acostumbrados en la lengua pulcra del arte modernista, la lengua del Valle-Inclán joven. Vamos a encontrarnos ahora con la desaparición de aquel pausado y comedido hablar, sometido a numerosas disciplinas, en el que se venían manifestando las vidas artísticas, exquisitas, de sus primeros personajes. Ahora los héroes van a «hablar», sencillamente. No obstante, la lengua de LUCES DE BOHEMIA es, en conjunto, compleja, múltiple, dominada por un desgarro artísticamente mantenido, capaz de ilusionar, de dar idea de una plebe atiborrada de resabios literarios y de vida al borde de lo infrahumano. Es un habla de integración, donde hallan cabida, en apasionante conjunción, el habla pulida del discreto cultivado y la desmañada y vulgar de las personas desheredadas de dinero y espíritu.

Junto al retrato de personajes por su rictus lingüístico característico, llama poderosamente la atención la presencia de la lengua de arrabal madrileño. Un lenguaje al borde de las jergas, del habla críptica de taberna y delincuencia, factor de atracción en el esperpento. Pero es preciso subrayar lo que en esa lengua se refleja de un determinado estadio sociocultural típico de esos años: toda la sociedad española estaba invadida por ella. Pío Baroja dio fe de ello al decir que «hablar en cínico y en golfo» era signo frecuente y nada escandalizador.

Esa preocupación por el habla coloquial, alejada de los primeros modernistas y de las exquisiteces en general, guió a la mayor parte de la creación teatral de principios de siglo. Unas veces se detuvo en un ambiente humano de pasiones sencillas y problemas elementales, con sus pudores, limitaciones y prejuicios. Es la tragedia grotesca de Carlos Arniches. Otras veces, esa lengua se paró en el chiste ocasional y fácil, complacido en el chascarrillo de los parecidos semánticos o fonéticos, en la deformación idiomática, etc. Es la astracanada de Muñoz Seca. Y la tercera rama es la que ha logrado la superación artística cuidadosamente elaborada y sopesada, llevada a todas las manifestaciones del conjunto social: el esperpento. Valle-Inclán elimina en su esperpento el vulgarismo voluntario del género chico, el sentimentalismo patético de la tragedia grotesca y la facilidad a borde de labios de la astracanada.

En LUCES DE BOHEMIA vemos desfilar el habla ocasional y viva, repleta de vivencias, de todos y cada uno de los hablantes: del ministro, del poeta excelso y del ripioso despoblado, del aristócrata y del tabernero, del asilado político y de la portera impolítica, de la vendedora callejera de lotería y de la ramera marginada o perseguida, y de la pareja de guardias, y del periodista, y del sereno, y del obrero con preocupaciones políticas, y del pequeño industrial, y del... De todos, en fin. Detrás de ese nutrido repertorio de personajes del esperpento surge de nuevo, cegador relámpago, la concepción social del arte, tan nueva en su momento, que aún puede costar trabajo reconocerla, pero en la que vemos la insoslayable urgencia de «participar», de estar en un aquí y en un ahora, del que no se puede nadie, absolutamente nadie, considerar insolidario. Detrás de eso surge, amenazadora, una desconsoladora anonimia, la de la vida aislada de las grandes ciudades, donde se comparten engañosamente las veinticuatro horas del día, pero donde resulta difícil hallar un co-latido próximo.

En esta literatura de los años veinte hay un afán de grotesco, de romper con los moldes tradicionales de una manera o de otra. Es el mismo ánimo que lleva a la «greguería» o al «disparate» de Gómez de la Serna. La mirada sobre la realidad se ha disfrazado de armónicos irreverentes. Lo grotesco está presente en toda expedición literaria. Y justamente en esta expedición de LUCES DE BOHEMIA es «grotesco» la voz más importante, en compañía de otra serie de «palabras clave»: «pelele», «fantoche», «troglodita» y la misma «esperpento».

LA LENGUA DE *LUCES DE BOHEMIA*

Fijémonos a continuación en algunos rasgos concretos dentro del plano de la lengua. Nos encontramos en LUCES DE BOHEMIA todavía las rimas interiores («periodista» y «florista», «luminoso» y «verdoso», etc.), al lado de las palabras de argot, empleadas con un brillo entre nosotros sin precedente ni parentesco desde Quevedo. Esas voces sirven para representar al desnudo el anverso de la vida sosegada y encauzada, es decir, delatan la vida auténtica, la que no está encadenada a normas, la desceñida y violentamente sincera. De ahí los gitanismos («mangue, pirante, mulé»), las voces callejeras de la pobreza y el sufrimiento («colgar» por empeñar, «beber sin dejar cortinas», «dar el pan de higos», «coger a uno de pipi», «bebecua», «hacer la jarra», etc.). De toda esa palabrería se desparrama un vivo madrileñismo. Demos cuenta de los más significativos ejemplos: Hay multitud de expresiones que requieren su interpretación a la luz de tal madrileñismo: «tener un anuncio luminoso en casa» para delatar o exagerar una costumbre personalísima; «hacer algo de incógnito», extraída del lenguaje periodístico, con el sentido figurado de «no querer enterarse de algo, no importarle a uno nada»; «pápiro» por «billete de Banco»; «guindilla» por «guardia de orden público»; «estar apré» o «estar afónico» por «no tener dinero»; «no preguntar a la portera, que muerde», dicho que aludía al particular genio de las antiguas vigilantes de las casas; «rezumar el ingenio», por «tener caspa en los hombros y en el cuello de la ropa»; «estar marmota» por «estar dormido»; «no dar ni los buenos días» como «encarecimiento de la avaricia»; «cambiar el agua de las aceitunas» por «orinar», etc.

Otro apartado lo integra la exageración hasta el límite de las posibilidades opuestas en la designación de las sufrientes verdades: «capitalista, banquero» al desharrapado o casi mendigo; «intendente» al que apenas dispone de un real; «palacio» a la buhardilla; llamar «intelectual» a un torero, etc.

También hallamos tendencia a la reducción de las palabras, dejándolas en su primera mitad, índice suficiente de reconocimiento, y que sirve además para extremar la familiaridad con lo local y exagera crípticamente la cercanía que con determinadas cosas se tiene: *La Corres* por el periódico *La Correspondencia de España;* «propi» por «propina»; «pipi» por «pipiolo»; «delega» por «delegación de orden público, comisaría»; «jipi» por una clase de sombrero, el «jipijapa»; «preve» por la «prevención, oficina gubernativa», etc. Es igualmente madrileña la utilización de «lo cual» con un antecedente amplio: «Habrá que darle para el pelo. Lo cual que sería lástima.» Redondea la impresión de la afectación barriobajera madrileña el uso frecuente de cultivos estridentes en medio de las palabras de ámbito plebeyo: «¡No "introduzcas" tú la pata, pelmazo!»; «¡Un café de recuelo "te integra"!»; «¡"Pudiera"! Yo me "inhibo"»; etc.

El léxico madrileño surge, en LUCES DE BOHEMIA, con pujanza insorteable. Veamos una breve lista ilustrativa: «apañar» («robar»); «beatas» («pesetas»); «bocón» («charlatán»); «cate» («golpe, bofetada»); «curda» («borracho»); «chalado» («chiflado»); «chola» («cabeza»); «fiambre» («cadáver»); «gatera» («tunante, calavera»); «guipar» («ver, mirar»); «llevar mancuerna» («recibir una paliza, un tormento de cualquier tipo»); «¡naturaca!» («¡naturalmente!»); «pájara» («mujer con connotación peyorativa»); «panoli» («tonto, bobalicón»); «papel» («periódico»); «punto» («sujeto avispado, perdulario»); «pela» («peseta»); «pupila, tener pupila» («tener cuidado, avivarse»); «soleche» («pelmazo, tonto, latoso»); «sombrerera» («cabeza»); «vándalo» («bestia, bruto»); etc.

Son todos ellos rasgos que delatan la filiación madrileñista en el habla, siempre con su regusto de popularismo, de sainete y de verbena.

DEL TEATRO AL CINE

LUCES DE BOHEMIA se nos presenta cada vez más relacionada con el cine. Los personajes hablan tumultuosamente, gesticulantes, con un agrio manoteo que nos sirve para ver de cerca su situación anímica. El largo forcejeo de sobreentendidos, gritos, balbuceos, aspavientos, nos lleva de la mano al afanoso movimiento del cine inicial, atestado de carreras, persecuciones, situaciones limítrofes con lo cómico, tolvaneras de terror... En este rasgo de plasticidad y de movimiento tan cercano a la cinematografía aprecio la vertiente de mayor modernidad de LUCES DE BOHEMIA. Las huelgas, su griterío, los reflejos y el susto de los disparos lejanos, los contrastes de luz y de sombra, la escena amorosa en las verjas de un jardín público inmersa en el hondón de la noche, el ir y venir tembloroso de los personajes por las callejas madrileñas, bajo los fugaces resplandores de los faroles mortecinos, todo, todo es cine de la mejor ley. Las exquisitas apostillas escénicas de Valle («Se cierra con golpe pronto la puerta de la Buñolería»; «Llega el sereno, meciendo a compás el farol y el chuzo»; «Gran interrupción»; «Lobreguez con un temblor de acetileno»; «La cara es una gran risa de viruelas»; «Hay un silencio»; etc.) deben ser definitivamente consideradas como admirable prosa de guión cinematográfico y no como meros consejos escénicos.

LUCES DE BOHEMIA EN LA OBRA VALLEINCLANESCA

Para concluir esta presentación volvamos al valor de LUCES DE BOHEMIA en la obra de Valle-Inclán. Valle ha abandonado su antigua preocupación literaria, llena de erudición y preciosismo, una visión, en ocasiones, de biblioteca palatina, y ha descubierto la realidad marginada del vivir, la luz trágica de los atardeceres en un barrio cualquiera, en la esquina con taberna, con esas gentes entristecidas que esperan, casi sin darse cuenta, la presencia tangible del milagro: el de sobrevivir. Todo se nos presenta encadenado férreamente a situaciones concretas de su tiempo, a personas y cosas que dejaron su huella risible o dolorida sobre la faz de España. Y se protesta contra «esto y aquello» con voces repletas de autenticidad. Detrás de la escenografía, se deslizan los acaeceres como un juego de situaciones y malabarismos verbales que estaban a punto de hacerse ininteligibles. Con ellos y entre ellos se deslizaba la vida empobrecida y amarga del cruce de los dos siglos, arrastrándose por los tugurios, las tertulias, las comisarías. Y detrás y por encima, la voz de Valle-Inclán ha sabido colocarnos, como resultado de su amarga queja contra una sociedad estúpida, suicida, frívola y no solidaria, no sólo una llamada a la ética y a la conducta sana, sino, sobre todo, una luz de esperanza, de mejoramiento, de fe en una convivencia. Que la noche de Max Estrella no sea más que un viento último, volandera ceniza, pero esperanza, sí, esperanza en un mundo más cordial y desprendido, donde haya siempre tendida una mano al infortunio.

ALONSO ZAMORA VICENTE

BIBLIOGRAFÍA

Estudios generales

BERMEJO MARCOS, Manuel, *Valle-Inclán. Introducción a su obra,* Salamanca, Anaya, 1971.

HORMIGÓN, Juan Antonio, *Ramón del Valle-Inclán: la cultura, la política, el realismo y el pueblo,* Madrid, Comunicación, 1972.

ZAHAREAS, Anthony, N. (ed.), *Ramón del Valle-Inclán. An Appraisal of his Life and Works,* Nueva York, Las Américas, 1968. Recoge estudios de diversos autores sobre aspectos varios de Valle.

Sobre el teatro de Valle-Inclán

BUERO VALLEJO, Antonio, «De rodillas, de pie, en el aire», en *Tres maestros ante el público,* Madrid, Alianza Editorial, 1973.

LYON, John, *The Theatre of Valle-Inclán,* Cambridge, Cambridge University Press, 1983.

SOBRE EL ESPERPENTO

CARDONA, Rodolfo, y ZAHAREAS, Anthony N., *Visión del esperpento. Teoría y práctica en los esperpentos de Valle-Inclán,* Madrid, Castalia, 1981[2].

DOMÉNECH, Ricardo, «Para una visión actual del teatro de los esperpentos», *Cuadernos Hispanoamericanos,* núms. 199-200 (1966), págs. 455-466.

RISCO, Antonio, *La estética de Valle-Inclán en los esperpentos y en «El Ruedo Ibérico»,* Madrid, Gredos, 1966.

SOBRE *LUCES DE BOHEMIA*

DOUGHERTY, Dru, *«Luces de Bohemia* and Valle-Inclan's Search of Artistic Adequacy», *Journal of Spanish Studies Twentieth Century,* II (1974), págs. 61-75.

SOBEJANO, Gonzalo, *«Luces de Bohemia,* elegía y sátira», *Papeles de Son Armadans,* 127 (1966), págs. 86-106.

YNDURÁIN, Domingo, *«Luces», Dicenda,* 3 (1984), págs. 163-187.

ZAMORA VICENTE, Alonso, *La realidad esperpéntica. Aproximación a «Luces de Bohemia»,* Madrid, Gredos, 1969.

ESTA EDICIÓN *

La presente edición sigue la última corregida por el autor (Imprenta Cervantina, Madrid, 1924) y la publicada en la colección Clásicos Castellanos (núm. 180) de esta misma editorial, con una actualización de la puntuación.

Un Glosario recoge, al final de la obra, notas resumidas sobre las claves de los personajes y las figuras históricas que en ella aparecen, así como aclara el significado de palabras y expresiones del habla popular y literaria de la época.

---

* *(N. del E.)*

LUCES DE BOHEMIA

ESPERPENTO

LVCES DE BOHEMIA
ESPERPENTO LO-SACA-A-LVZ
DON RAMON DEL VALLE-INCLAN
OPERA OMNIA
VOL XIX

DRAMATIS PERSONÆ

Max Estrella, su mujer Madame Collet y su hija Claudinita
Don Latino de Hispalis
Zaratustra
Don Fay
Un Pelón
La Chica de la Portera
Pica Lagartos
Un Coime de Taberna
Enriqueta la Pisa Bien
El Rey de Portugal
Un Borracho
Dorio de Gadex, Rafael de los Vélez, Lucio Vero, Mínguez, Gálvez, Clarinito y Pérez, Jóvenes Modernistas
Pitito, Capitán de los Équites Municipales
Un Sereno
La Voz de un Vecino
Dos Guardias del Orden
Serafín el Bonito
Un Celador
Un Preso
El Portero de una Redacción
Don Filiberto, redactor en jefe

EL MINISTRO DE LA GOBERNACIÓN
DIEGUITO, SECRETARIO DE SU EXCELENCIA
UN UJIER
UNA VIEJA PINTADA Y LA LUNARES
UN JOVEN DESCONOCIDO
LA MADRE DEL NIÑO MUERTO
EL EMPEÑISTA
EL GUARDIA
LA PORTERA
UN ALBAÑIL
UNA VIEJA
LA TRAPERA
EL RETIRADO, TODOS DEL BARRIO
OTRA PORTERA
UNA VECINA
BASILIO SOULINAKE
UN COCHERO DE LA FUNERARIA
DOS SEPULTUREROS
RUBÉN DARÍO
EL MARQUÉS DE BBRADOMÍN
EL POLLO DEL PAY-PAY
LA PERIODISTA
TURBAS, GUARDIAS, PERROS, GATOS, UN LORO

La acción en un Madrid absurdo, brillante y hambriento.

ESCENA PRIMERA

Hora crepuscular. Un guardillón con ventano angosto, lleno de sol. Retratos, grabados, autógrafos repartidos por las paredes, sujetos con chinches de dibujante. Conversación lánguida de un hombre ciego y una mujer pelirrubia, triste y fatigada. El hombre ciego es un hiperbólico andaluz, poeta de odas y madrigales, MÁXIMO ESTRELLA. *A la pelirrubia, por ser francesa, le dicen en la vecindad* MADAMA COLLET.

MAX

Vuelve a leerme la carta del Buey Apis.

MADAMA COLLET

Ten paciencia, Max.

MAX

Pudo esperar a que me enterrasen.

MADAMA COLLET

Le toca ir delante.

MAX

¡Collet, mal vamos a vernos sin esas cuatro crónicas! ¿Dónde gano yo veinte duros, Collet?

MADAMA COLLET

Otra puerta se abrirá.

MAX

La de la muerte. Podemos suicidarnos colectivamente.

MADAMA COLLET

A mí la muerte no me asusta. ¡Pero tenemos una hija, Max!

MAX

¿Y si Claudinita estuviese conforme con mi proyecto de suicidio colectivo?

MADAMA COLLET

¡Es muy joven!

MAX

También se matan los jóvenes, Collet.

MADAMA COLLET

No por cansancio de la vida. Los jóvenes se matan por romanticismo.

MAX

Entonces, se matan por amar demasiado la vida. Es una lástima la obcecación de Claudinita. Con cuatro perras de carbón, podíamos hacer el viaje eterno.

MADAMA COLLET

No desesperes. Otra puerta se abrirá.

MAX

¿En qué redacción me admiten ciego?

MADAMA COLLET

Escribes una novela.

MAX

Y no hallo editor.

MADAMA COLLET

¡Oh! No te pongas a gatas, Max. Todos reconocen tu talento.

MAX

¡Estoy olvidado! Léeme la carta del Buey Apis.

MADAMA COLLET

No tomes ese caso por ejemplo.

MAX

Lee.

MADAMA COLLET

Es un infierno de letra.

MAX

Lee despacio.

MADAMA COLLET, *el gesto abatido y resignado, deletrea en voz baja la carta. Se oye fuera una escoba retozona. Suena la campanilla de la escalera.*

MADAMA COLLET

Claudinita, deja quieta la escoba y mira quién ha llamado.

LA VOZ DE CLAUDINITA

Siempre será Don Latino.

MADAMA COLLET

¡Válgame Dios!

LA VOZ DE CLAUDINITA

¿Le doy con la puerta en las narices?

MADAMA COLLET

A tu padre le distrae.

LA VOZ DE CLAUDINITA

¡Ya se siente el olor del aguardiente!

MÁXIMO ESTRELLA *se incorpora con un gesto animoso, esparcida sobre el pecho la hermosa barba con mechones de canas. Su cabeza rizada y ciega, de un gran carácter clásico-arcaico, recuerda los Hermes.*

MAX

¡Espera, Collet! ¡He recobrado la vista! ¡Veo! ¡Oh, cómo veo! ¡Magníficamente! ¡Está hermosa la Moncloa! ¡El único rincón francés en este páramo madrileño! ¡Hay que volver a París, Collet! ¡Hay que volver allá, Collet! ¡Hay que renovar aquellos tiempos!

MADAMA COLLET

Estás alucinado, Max.

MAX

¡Veo, y veo magníficamente!

MADAMA COLLET

¿Pero qué ves?

MAX

¡El mundo!

MADAMA COLLET

¿A mí me ves?

MAX

¡Las cosas que toco, para qué necesito verlas!

MADAMA COLLET

Siéntate. Voy a cerrar la ventana. Procura adormecerte.

MAX

¡No puedo!

MADAMA COLLET

¡Pobre cabeza!

MAX

¡Estoy muerto! Otra vez de noche.

Se reclina en el respaldo del sillón. La mujer cierra la ventana y la guardilla queda en una penumbra rayada de sol poniente. El ciego se adormece y la mujer, sombra triste, se sienta en una silleta, haciendo pliegues a la carta del Buey Apis. Una mano cautelosa empuja la puerta, que se abre con largo chirrido. Entra un vejete asmático, quepis, anteojos, un perrillo y una cartera con revistas ilustradas. Es DON LATINO DE HISPALIS. *Detrás, despeinada, en chancletas, la falda pingona, aparece una mozuela:* CLAUDINITA.

DON LATINO

¿Cómo están los ánimos del genio?

CLAUDINITA

Esperando los cuartos de unos libros que se ha llevado un vivales para vender.

DON LATINO

¿Niña, no conoces otro vocabulario más escogido para referirte al compañero fraternal de tu padre, de ese hombre grande que me llama hermano? ¡Qué lenguaje, Claudinita!

MADAMA COLLET

¿Trae usted el dinero, Don Latino?

DON LATINO

Madama Collet, la desconozco, porque siempre ha sido usted una inteligencia razonadora. Max había dispuesto noblemente de ese dinero.

MADAMA COLLET

¿Es verdad, Max? ¿Es posible?

DON LATINO

¡No le saque usted de los brazos de Morfeo!

CLAUDINITA

¿Papá, tú qué dices?

MAX

¡Idos todos al diablo!

MADAMA COLLET

¡Oh, querido, con tus generosidades nos has dejado sin cena!

MAX

Latino, eres un cínico.

CLAUDINITA

Don Latino, si usted no apoquina, le araño.

DON LATINO

Córtate las uñas, Claudinita.

CLAUDINITA

Le arranco los ojos.

DON LATINO

¡Claudinita!

CLAUDINITA

¡Golfo!

DON LATINO

Max, interpón tu autoridad.

MAX

¿Qué sacaste por los libros, Latino?

DON LATINO

¡Tres pesetas, Max! ¡Tres cochinas pesetas! ¡Una indignidad! ¡Un robo!

CLAUDINITA

¡No haberlos dejado!

DON LATINO

Claudinita, en ese respecto te concedo toda la razón. Me han cogido de pipi. Pero aún se puede deshacer el trato.

MADAMA COLLET

¡Oh, sería bien!

DON LATINO

Max, si te presentas ahora conmigo en la tienda de ese granuja y le armas un escándalo, le sacas hasta dos duros. Tú tienes otro empaque.

MAX

Habría que devolver el dinero recibido.

DON LATINO

Basta con hacer el ademán. Se juega de boquilla, Maestro.

MAX

¿Tú crees?...

DON LATINO

¡Naturalmente!

MADAMA COLLET

Max, no debes salir.

MAX

El aire me refrescará. Aquí hace un calor de horno.

DON LATINO

Pues en la calle corre fresco.

MADAMA COLLET

¡Vas a tomarte un disgusto sin conseguir nada, Max!

CLAUDINITA

¡Papá, no salgas!

MADAMA COLLET

Max, yo buscaré alguna cosa que empeñar.

MAX

No quiero tolerar ese robo. ¿A quién le has llevado los libros, Latino?

DON LATINO

A Zaratustra.

MAX

¡Claudina, mi palo y mi sombrero!

CLAUDINITA

¿Se los doy, mamá?

MADAMA COLLET

¡Dáselos!

DON LATINO

Madama Collet, verá usted qué faena.

CLAUDINITA

¡Golfo!

DON LATINO

¡Todo en tu boca es canción, Claudinita!

MÁXIMO ESTRELLA *sale apoyado en el hombro de* DON LATINO. MADAMA COLLET *suspira apocada, y la hija, toda nervios, comienza a quitarse las horquillas del pelo.*

CLAUDINITA

¿Sabes cómo acaba todo esto? ¡En la taberna de Pica Lagartos!

ESCENA SEGUNDA

La cueva de ZARATUSTRA *en el Pretil de los Consejos. Rimeros de libros hacen escombro y cubren las paredes. Empapelan los cuatro vidrios de una puerta cuatro cromos espeluznantes de un novelón por entregas. En la cueva hacen tertulia el gato, el loro, el can y el librero.* ZARATUSTRA, *abichado y giboso —la cara de tocino rancio y la bufanda de verde serpiente— promueve con su caracterización de fantoche, una aguda y dolorosa disonancia muy emotiva y muy moderna. Encogido en el roto pelote de una silla enana, con los pies entrapados y cepones en la tarima del brasero, guarda la tienda.*

Un ratón saca el hocico intrigante por un agujero.

ZARATUSTRA

¡No pienses que no te veo, ladrón!

EL GATO

¡Fu! ¡Fu! ¡Fu!

EL CAN

¡Guau!

EL LORO

¡Viva España!

Están en la puerta MAX ESTRELLA y DON LATINO DE HISPALIS. *El poeta saca el brazo por entre los pliegues de su capa y lo alza majestuoso, en un ritmo con su clásica cabeza ciega.*

MAX

¡Mal Polonia recibe a un extranjero!

ZARATUSTRA

¿Qué se ofrece?

MAX

Saludarte, y decirte que tus tratos no me convienen.

ZARATUSTRA

Yo nada he tratado con usted.

MAX

Cierto. Pero has tratado con mi intendente, Don Latino de Hispalis.

ZARATUSTRA

¿Y ese sujeto de qué se queja? ¿Era mala la moneda?

DON LATINO *interviene con ese matiz del perro cobarde, que da su ladrido entre las piernas del dueño.*

DON LATINO

El Maestro no está conforme con la tasa, y deshace el trato.

ZARATUSTRA

El trato no puede deshacerse. Un momento antes que hubieran llegado... Pero ahora es imposible: Todo el atadijo conforme estaba, acabo de venderlo ganando dos perras. Salir el comprador, y entrar ustedes.

El librero, al tiempo que habla, recoge el atadijo que aún está encima del mostrador y penetra en la lóbrega trastienda, cambiando una seña con DON LATINO. *Reaparece.*

DON LATINO

Hemos perdido el viaje. Este zorro sabe más que nosotros, Maestro.

MAX

Zaratustra, eres un bandido.

ZARATUSTRA

Ésas, Don Max, no son apreciaciones convenientes.

MAX

Voy a romperte la cabeza.

ZARATUSTRA

Don Max, respete usted sus laureles.

MAX

¡Majadero!

Ha entrado en la cueva un hombre alto, flaco, tostado del sol. Viste un traje de antiguo voluntario cubano, calza alpargates abiertos de caminante y se cubre con una gorra inglesa. Es el extraño DON PEREGRINO GAY, *que ha escrito la crónica de su vida andariega en un rancio y animado castellano, trastocándose el nombre en* DON GAY PEREGRINO.—*Sin pasar de la puerta, saluda jovial y circunspecto.*

DON GAY

¡Salutem plurimam!

ZARATUSTRA

¿Cómo le ha ido por esos mundos, Don Gay?

DON GAY

Tan guapamente.

DON LATINO

¿Por dónde has andado?

DON GAY

De Londres vengo.

MAX

¿Y viene usted de tan lejos a que lo desuelle Zaratustra?

DON GAY

Zaratustra es un buen amigo.

ZARATUSTRA

¿Ha podido usted hacer el trabajo que deseaba?

DON GAY

Cumplidamente. Ilustres amigos, en dos meses me he copiado en la Biblioteca Real, el único ejemplar existente del *Palmerín de Constantinopla.*

MAX

¿Pero, ciertamente, viene usted de Londres?

DON GAY

Allí estuve dos meses.

DON LATINO

¿Cómo queda la familia Real?

DON GAY

No los he visto en el muelle. ¿Maestro, usted conoce la Babilonia Londinense?

MAX

Sí, Don Gay.

ZARATUSTRA *entra y sale en la trastienda, con una vela encendida. La palmatoria pringosa tiembla en la mano del fantoche. Camina sin ruido, con andar entrapado. La mano, calzada con mitón negro pasea la luz por los estantes de libros. Media cara en reflejo y media en sombra. Parece que la nariz se le dobla sobre una oreja. El loro ha puesto el pico bajo el ala. Un retén de polizontes pasa con un hombre maniatado. Sale alborotando el barrio un chico pelón montado en una caña, con una bandera.*

EL PELÓN

¡Vi-va-Es-pa-ña!

EL CAN

¡Guau! ¡Guau!

ZARATUSTRA

¡Está buena España!

Ante el mostrador, los tres visitantes, reunidos como tres pájaros en una rama, ilusionados y tristes, divierten sus penas en un coloquio de motivos literarios. Divagan ajenos al tropel de polizontes, al viva del pelón, al gañido del perro y al comentario apesadumbrado del fantoche que los explota. Eran intelectuales sin dos pesetas.

DON GAY

Es preciso reconocerlo. No hay país comparable a Inglaterra. Allí el sentimiento religioso tiene tal decoro, tal dignidad, que indudablemente las más honorables familias son las más religiosas. Si España alcanzase un más alto concepto religioso, se salvaba.

MAX

¡Recémosle un Réquiem! Aquí los puritanos de conducta son los demagogos de la extrema izquierda. Acaso nuevos cristianos, pero todavía sin saberlo.

DON GAY

Señores míos, en Inglaterra me he convertido al dogma iconoclasta, al cristianismo de oraciones y cánticos, limpio de imágenes milagreras. ¡Y ver la idolatría de este pueblo!

MAX

España, en su concepción religiosa, es una tribu del Centro de África.

DON GAY

Maestro, tenemos que rehacer el concepto religioso en el arquetipo del Hombre-Dios. Hacer la Revolución Cristiana, con todas las exageraciones del Evangelio.

DON LATINO

Son más que las del compañero Lenin.

ZARATUSTRA

Sin religión no puede haber buena fe en el comercio.

DON GAY

Maestro, hay que fundar la Iglesia Española Independiente.

MAX

Y la Sede Vaticana, El Escorial.

DON GAY

¡Magnífica Sede!

MAX

Berroqueña.

DON LATINO

Ustedes acabarán profesando en la Gran Secta Teosófica. Haciéndose iniciados de la sublime doctrina.

MAX

Hay que resucitar a Cristo.

DON GAY

He caminado por todos los caminos del mundo y he aprendido que los pueblos más grandes no se constituyeron sin una Iglesia Nacional. La creación política es ineficaz si falta una conciencia religiosa con su ética superior a las leyes que escriben los hombres.

MAX

Ilustre Don Gay, de acuerdo. La miseria del pueblo español, la gran miseria moral, está en su chabacana sensibilidad ante los enigmas de la vida y de la muerte. La Vida es un magro puchero: La Muerte, una carantoña ensabanada que enseña los dientes: El Infierno, un calderón de aceite albando donde los pecadores se achicharran como boquerones: El Cielo, una kermés sin obscenidades adonde, con permiso del párroco, pueden asistir las Hijas de María. Este pueblo miserable transforma todos los grandes conceptos en un cuento de beatas costureras. Su religión es una chochez de viejas que disecan al gato cuando se les muere.

ZARATUSTRA

Don Gay, y qué nos cuenta usted de esos marimachos que llaman sufragistas.

DON GAY

Que no todas son marimachos. ¿Ilustres amigos, saben ustedes cuánto me costaba la vida en Londres? Tres peniques, una equivalencia de cuatro perras. Y estaba muy bien, mejor que aquí en una casa de tres pesetas.

DON LATINO

Max, vámonos a morir a Inglaterra. Apúnteme usted las señas de ese Gran Hotel, Don Gay.

DON GAY

Snt James Squart. ¿No caen ustedes? El Asilo de Reina Elisabeth. Muy decente. Ya digo, mejor que aquí una casa de tres pesetas. Por la mañana té con leche, pan untado de mantequilla. El azúcar algo escaso. Después, en la comida, un potaje de carne. Alguna vez arenques. Queso, té... Yo solía pedir un boc de cerveza, y me costaba diez céntimos. Todo muy limpio. Jabón y agua caliente para lavatorios, sin tasa.

ZARATUSTRA

Es verdad que se lavan mucho los ingleses. Lo tengo advertido. Por aquí entran algunos, y se les ve muy refregados. Gente de otros países, que no siente el frío, como nosotros los naturales de España.

DON LATINO

Lo dicho. Me traslado a Inglaterra. ¿Don Gay, cómo no te has quedado tú en ese Paraíso?

DON GAY

Porque soy reumático y me hace falta el sol de España.

ZARATUSTRA

Nuestro sol es la envidia de los extranjeros.

MAX

¿Qué sería de este corral nublado? ¿Qué seríamos los españoles? Acaso más tristes y menos coléricos... Quizá un poco más tontos... Aunque no lo creo.

Asoma la chica de una portera.—Trenza en perico, caídas calcetas, cara de hambre.

LA CHICA

¿Ha salido esta semana entrega d'*El Hijo de la Difunta?*

ZARATUSTRA

Se está repartiendo.

LA CHICA

¿Sabe usted si al fin se casa Alfredo?

DON GAY

¿Tú qué deseas, pimpollo?

LA CHICA

A mí, plin. Es Doña Loreta la del coronel quien lo pregunta.

ZARATUSTRA

Niña, dile a esa señora que es un secreto lo que hacen los personajes de las novelas. Sobre todo en punto de muertes y casamientos.

MAX

Zaratustra, ándate con cuidado, que te lo van a preguntar de Real Orden.

ZARATUSTRA

Estaría bueno que se divulgase el misterio. Pues no habría novela.

Escapa LA CHICA *salvando los charcos con sus patas de caña.* EL PEREGRINO ILUSIONADO *en un rincón conferencia con* ZARATUSTRA. MÁXIMO ESTRELLA *y* DON LATINO *se orientan a la Taberna de* PICA LAGARTOS, *que tiene su clásico laurel en la calle de la Montera.*

ESCENA TERCERA

La Taberna de PICA LAGARTOS: *Luz de acetileno: Mostrador de cinc: Zaguán oscuro con mesas y banquillos: Jugadores de mus: Borrosos diálogos.*—MÁXIMO ESTRELLA *y* DON LATINO DE HISPALIS, *sombras en las sombras de un rincón, se regalan con sendos quinces de morapio.*

EL CHICO DE LA TABERNA

Don Max, ha venido buscándole la Marquesa del Tango.

UN BORRACHO

¡Miau!

MAX

No conozco a esa dama.

EL CHICO DE LA TABERNA

Enriqueta la Pisa Bien.

DON LATINO

¿Y desde cuándo titula esa golfa?

EL CHICO DE LA TABERNA

Desque heredó del finado difunto de su papá, que *entodavía* vive.

DON LATINO

¡Mala sombra!

MAX

¿Ha dicho si volvería?

EL CHICO DE LA TABERNA

Entró, miró, preguntó y se fue rebotada, torciendo la gaita. ¡Ya la tiene usted en la puerta!

Enriqueta LA PISA BIEN, *una mozuela golfa, revenida de un ojo, periodista y florista, levantaba el cortinillo de verde sarga, sobre su endrina cabeza, adornada de peines gitanos.*

LA PISA BIEN

¡La vara de nardos! ¡La vara de nardos! Don Max, traigo para usted un memorial de mi mamá: Está enferma y necesita la luz del décimo que le ha fiado.

MAX

Le devuelves el décimo y le dices que se vaya al infierno.

LA PISA BIEN

De su parte, caballero. ¿Manda usted algo más?

El ciego saca una vieja cartera, y tanteando los papeles con aire vago, extrae el décimo de la lotería y lo arroja sobre la mesa: Queda abierto entre los vasos de vino, mostrando el número bajo el parpadeo azul del acetileno. LA PISA BIEN *se apresura a echarle la zarpa.*

DON LATINO

¡Ese número sale premiado!

LA PISA BIEN

Don Max desprecia el dinero.

EL CHICO DE LA TABERNA

No le deje usted irse, Don Max.

MAX

Niño, yo hago lo que me da la gana. Pídele para mí la petaca al amo.

EL CHICO DE LA TABERNA

Don Max, es un capicúa de sietes y cincos.

LA PISA BIEN

¡Que tiene premio, no falla! Pero es menester apoquinar tres melopeas, y este caballero está afónico. Caballero, me retiro saludándole. Si quiere usted un nardo, se lo regalo.

MAX

Estáte ahí.

LA PISA BIEN

Me espera un cabrito viudo.

MAX

Que se aguante. Niño, ve a colgarme la capa.

LA PISA BIEN

Por esa pañosa no dan ni los buenos días. Pídale usted las tres beatas a Pica Lagartos.

EL CHICO DE LA TABERNA

Si usted le da coba, las tiene en la mano. Dice que es usted segundo Castelar.

MAX

Dobla la capa y ahueca.

EL CHICO DE LA TABERNA

¿Qué pido?

MAX

Toma lo que quieran darte.

LA PISA BIEN

¡Si no la reciben!

DON LATINO

Calla, mala sombra.

MAX

Niño, huye veloz.

EL CHICO DE LA TABERNA

Como la corza herida, Don Max.

MAX

Eres un clásico.

LA PISA BIEN

Si no te admiten la prenda, dices que es de un poeta.

DON LATINO

El primer poeta de España.

EL BORRACHO

¡Cráneo *previlegiado!*

MAX

Yo nunca tuve talento. ¡He vivido siempre de un modo absurdo!

DON LATINO

No has tenido el talento de saber vivir.

MAX

Mañana me muero y mi mujer y mi hija se quedan haciendo cruces en la boca.

Tosió cavernoso, con las barbas estremecidas, y en los ojos ciegos un vidriado triste, de alcohol y de fiebre.

DON LATINO

No has debido quedarte sin capa.

LA PISA BIEN

Y ese trasto ya no parece. Siquiera, convide usted, Don Max.

MAX

Tome usted lo que guste, Marquesa.

LA PISA BIEN

Una copa de Rute.

DON LATINO

Es la bebida elegante.

LA PISA BIEN

¡Ay! Don Latino, por algo es una la morganática del Rey de Portugal. Don Max, no puedo detenerme, que mi esposo me hace señas desde la acera.

MAX

Invítale a pasar.

Un golfo largo y astroso, que vende periódicos, ríe asomado a la puerta y, como perro que se espulga, se sacude con jaleo de hombros, la cara en una gran risa de viruelas. Es EL REY DE PORTUGAL, *que hace las bellaquerías con Enriqueta* LA PISA BIEN, *Marquesa del Tango.*

LA PISA BIEN

¡Pasa, Manolo!

EL REY DE PORTUGAL

Sal tú fuera.

LA PISA BIEN

¿Es que temes perder la corona? ¡Entra de incógnito, so pelma!

EL REY DE PORTUGAL

Enriqueta, a ver si te despeino.

LA PISA BIEN

¡Filfa!

EL REY DE PORTUGAL

¡Consideren ustedes que me llama Rey de Portugal para significar que no valgo un chavo! Argumentos de esta golfa desde que fue a Lisboa y se ha enterado del valor de la moneda. Yo, para servir a ustedes, soy Gorito y no está medio bien que mi morganática me señale por el alias.

LA PISA BIEN

¡Calla, chalado!

EL REY DE PORTUGAL

¿Te caminas?

LA PISA BIEN

Aguarda que me beba una copa de Rute. Don Max me la paga.

EL REY DE PORTUGAL

¿Y qué tienes que ver con ese poeta?

LA PISA BIEN

Colaboramos.

EL REY DE PORTUGAL

Pues despacha.

LA PISA BIEN

En cuanto me la mida Pica Lagartos.

PICA LAGARTOS

¿Qué has dicho tú, so golfa?

LA PISA BIEN

¡Perdona, rico!

PICA LAGARTOS

Venancio me llamo.

LA PISA BIEN

¡Tienes un nombre de novela! Anda, mídeme una copa de Rute, y dale a mi esposo un vaso de agua, que está muy acalorado.

MAX

Venancio, no vuelvas a compararme con Castelar. ¡Castelar era un idiota! Dame otro quince.

DON LATINO

Me adhiero a lo del quince y a lo de Castelar.

PICA LAGARTOS

Son ustedes unos doctrinarios. Castelar representa una gloria nacional de España. Ustedes acaso no sepan que mi padre lo sacaba diputado.

LA PISA BIEN

¡Hay que ver!

PICA LAGARTOS

Mi padre era el barbero de Don Manuel Camo. ¡Una gloria nacional de Huesca!

EL BORRACHO

¡Cráneo *previlegiado!*

PICA LAGARTOS

Cállate la boca, Zacarías.

EL BORRACHO

¡Acaso falto?

PICA LAGARTOS

¡Pudieras!

EL BORRACHO

Tiene mucha educación servidorcito.

LA PISA BIEN

¡Como que ha salido usted del Colegio de los Escolapios! ¡Se educó usted con mi papá!

EL BORRACHO

¿Quién es tu papá?

LA PISA BIEN

Un diputado.

EL BORRACHO

Yo he recibido educación en el extranjero.

LA PISA BIEN

¿Viaja usted de incógnito? ¿Por un casual, será usted Don Jaime?

EL BORRACHO

¡Me has sacado por la fotografía!

LA PISA BIEN

¡Naturaca! ¿Y va usted sin una flor en la solapa?

EL BORRACHO

Ven tú a ponérmela.

LA PISA BIEN

Se la pongo a usted y le obsequio con ella.

EL REY DE PORTUGAL

¡Hay que ser caballero, Zacarías! ¡Y hay que mirarse mucho, soleche, antes de meter mano! La Enriqueta es cosa mía.

LA PISA BIEN

¡Calla, bocón!

EL REY DE PORTUGAL

¡Soleche, no seas tú provocativa!

LA PISA BIEN

No introduzcas tú la pata, pelmazo.

EL CHICO DE LA TABERNA *entra con azorado sofoco, atado a la frente un pañuelo con roeles de sangre. Una ráfaga de emoción mueve caras y actitudes, todas las figuras, en su diversidad, pautan una misma norma.*

EL CHICO DE LA TABERNA

¡Hay carreras por las calles!

EL REY DE PORTUGAL

¡Viva la huelga de proletarios!

EL BORRACHO

¡Chócala! Anoche lo hemos decidido por votación en la Casa del Pueblo.

LA PISA BIEN

¡Crispín, te alcanzó un cate!

EL CHICO DE LA TABERNA

¡Un marica de la Acción Ciudadana!

PICA LAGARTOS

¡Niño, sé bien hablado! El propio republicanismo reconoce que la propiedad es sagrada. La Acción Ciudadana está integrada por patronos de todas circunstancias y por los miembros varones de sus familias. ¡Hay que saber lo que se dice!

Grupos vocingleros corren por el centro de la calle, con banderas enarboladas. Entran en la taberna obreros golfantes —blusa, bufanda y alpargata— y mujeronas encendidas, de arañada greña.

EL REY DE PORTUGAL

¡Enriqueta, me hierve la sangre! Si tú no sientes la política, puedes quedarte.

LA PISA BIEN

So pelma, yo te sigo a todas partes. ¡Enfermera Honoraria de la Cruz Colorada!

PICA LAGARTOS

¡Chico, baja el cierre! Se invita a salir al que quiera jaleo.

La florista y el coime salen empujándose, revueltos con otros parroquianos. Corren por la calle tropeles de obreros. Resuena el golpe de muchos cierres metálicos.

EL BORRACHO

¡Vivan los héroes del Dos de Mayo!

DON LATINO

¡Niño, qué dinero te han dado?

EL CHICO DE LA TABERNA

¡Nueve pesetas!

MAX

Cóbrate, Venancio. ¡Y tú, trae el décimo, Marquesa!

DON LATINO

¡Voló esa pájara!

MAX

¡Se lleva el sueño de mi fortuna! ¿Dónde daríamos con esa golfa?

PICA LAGARTOS

Ésa ya no se aparta del tumulto.

EL CHICO DE LA TABERNA

Recala en la Modernista.

MAX

Latino, préstame tus ojos para buscar a la Marquesa del Tango.

DON LATINO

Max, dame la mano.

EL BORRACHO

¡Cráneo *previlegiado!*

UNA VOZ

¡Mueran los maricas de la Acción Ciudadana! ¡Abajo los ladrones!

ESCENA CUARTA

Noche. MÁXIMO ESTRELLA *y* DON LATINO DE HISPALIS *tambalean asidos del brazo, por una calle enarenada y solitaria. Faroles rotos, cerradas todas, ventanas y puertas. En la llama de los faroles un igual temblor verde y macilento. La luna sobre el alero de las casas, partiendo la calle por medio. De tarde en tarde, el asfalto sonoro. Un trote épico. Soldados Romanos. Sombras de Guardias.—Se extingue el eco de la patrulla. La Buñolería Modernista entreabre su puerta, y una banda de luz parte la acera.* MAX *y* DON LATINO, *borrachos lunáticos, filósofos peripatéticos, bajo la línea luminosa de los faroles, caminan y tambalean.*

MAX

¿Dónde estamos?

DON LATINO

Esta calle no tiene letrero.

MAX

Yo voy pisando vidrios rotos.

DON LATINO

No ha hecho mala cachiza el honrado pueblo.

MAX

¿Qué rumbo consagramos?

DON LATINO

Déjate guiar.

MAX

Condúceme a casa.

DON LATINO

Tenemos abierta La Buñolería Modernista.

MAX

De rodar y beber estoy muerto.

DON LATINO

Un café de recuelo te integra.

MAX

Hace frío, Latino.

DON LATINO

¡Corre un cierto gris!...

MAX

Préstame tu macferlán.

DON LATINO

¡Te ha dado el delirio poético!

MAX

¡Me quedé sin capa, sin dinero y sin lotería!

DON LATINO

Aquí hacemos la captura de la niña Pisa Bien.

La niña PISA BIEN, *despintada, pingona, marchita, se materializa bajo un farol con su pregón de golfa madrileña.*

LA PISA BIEN

¡5775! ¡El número de la suerte! ¡Mañana sale! ¡Lo vendo! ¡Lo vendo! ¡5775!

DON LATINO

¡Acudes al reclamo!

LA PISA BIEN

Y le convido a usted a un café de recuelo.

DON LATINO

Gracias, preciosidad.

LA PISA BIEN

Y a Don Max, a lo que guste. ¡Ya nos *ajuntamos* los tres tristes trogloditas! Don Max, yo por usted hago la jarra, y muy honrada.

MAX

Dame el décimo y vete al Infierno.

LA PISA BIEN

Don Max, por adelantado decláreme usted en secreto si cameló las tres beatas y si las lleva en el portamonedas.

MAX

¡Pareces hermana de Romanones!

LA PISA BIEN

¡Quién tuviera los miles de ese pirante!

DON LATINO

¡Con sólo la renta de un día, yo me contentaba!

MAX

La Revolución es aquí tan fatal como en Rusia.

DON LATINO

¡Nos moriremos sin verla!

MAX

Pues viviremos muy poco.

LA PISA BIEN

¿Ustedes bajaron hasta la Cibeles? Allí ha sido la faena entre los manifestantes y los Polis Honorarios. A alguno le hemos dado mulé.

DON LATINO

Todos los amarillos debían ser arrastrados.

LA PISA BIEN

¡Conforme! Y aquel momento que usted no tenga ocupaciones urgentes, nos ponemos a ello, Don Latino.

MAX

Dame ese capicúa, Enriqueta.

LA PISA BIEN

Venga el parné y tenga usted su suerte.

MAX

La propina, cuando cobre el premio.

LA PISA BIEN

¡No mira eso la Enriqueta!

La Buñolería entreabre su puerta, y del antro apestoso de aceite van saliendo deshilados, uno a uno, en fila india, los Epígonos del Parnaso Modernista: RAFAEL DE LOS VÉLEZ, DORIO DE GADEX, LUCIO VERO, MÍNGUEZ, GÁLVEZ, CLARINITO y PÉREZ.—*Unos son largos, tristes y flacos, otros vivaces, chaparros y carillenos.* DORIO DE GADEX, *jovial como un trasgo, irónico como un ateniense, ceceoso como un cañí, mima su saludo versallesco y grotesco.*

DORIO DE GADEX

¡Padre y Maestro Mágico, salud!

MAX

¡Salud, Don Dorio!

DORIO DE GADEX

¡Maestro, usted no ha temido el rebuzno libertario del honrado pueblo!

MAX

¡El épico rugido del mar! ¡Yo me siento pueblo!

DORIO DE GADEX

¡Yo, no!

MAX

¡Porque eres un botarate!

DORIO DE GADEX

¡Maestro, pongámonos el traje de luces de la cortesía! ¡Maestro, usted tampoco se siente pueblo! Usted es un poeta, y los poetas somos aristocracia. Como dice Ibsen, las multitudes y las montañas se unen siempre por la base.

MAX

¡No me aburras con Ibsen!

PÉREZ

¿Se ha hecho usted crítico de teatros, Don Max?

DORIO DE GADEX

¡Calla, Pérez!

DON LATINO

Aquí sólo hablan los genios.

MAX

Yo me siento pueblo. Yo había nacido para ser tribuno de la plebe y me acanallé perpetrando traducciones y haciendo versos. ¡Eso sí, mejores que los hacéis los modernistas!

DORIO DE GADEX

Maestro, preséntese usted a un sillón de la Academia.

MAX

No lo digas en burla, idiota. ¡Me sobran méritos! Pero esa prensa miserable me boicotea. Odian mi rebeldía y odian mi talento. Para medrar hay que ser agradador de todos los Segismundos. ¡El Buey Apis me despide como a un criado! ¡La Academia me ignora! ¡Y soy el primer poeta de España! ¡El primero! ¡El primero! ¡Y ayuno! ¡Y no me humillo pidiendo limosna! ¡Y no me parte un rayo! ¡Yo soy el verdadero inmortal, y no esos cabrones del cotarro académico! ¡Muera Maura!

LOS MODERNISTAS

¡Muera! ¡Muera! ¡Muera!

CLARINITO

Maestro, nosotros los jóvenes impondremos la candidatura de usted para un sillón de la Academia.

DORIO DE GADEX

Precisamente ahora está vacante el sillón de Don Benito el Garbancero.

MAX

Nombrarán al Sargento Basallo.

DORIO DE GADEX

¿Maestro, usted conoce los Nuevos Gozos del Enano de la Venta? ¡Un Jefe de Obra! Ayer de madrugada los cantamos en la Puerta del Sol. ¡El éxito de la temporada!

CLARINITO

¡Con decir que salió el retén de Gobernación!

LA PISA BIEN

¡Ni Rafael el Gallo!

DON LATINO

Deben ustedes ofrecerle una audición al Maestro.

DORIO DE GADEX

Don Latino, ni una palabra más.

PÉREZ

Usted cantará con nosotros, Don Latino.

DON LATINO

Yo doy una nota más baja que el cerdo.

DORIO DE GADEX

Usted es un clásico.

DON LATINO

¿Y qué hace un clásico en el tropel de ruiseñores modernistas? ¡Niños, a ello!

DORIO DE GADEX, *feo, burlesco y chepudo, abre los brazos, que son como alones sin plumas en el claro lunero.*

DORIO DE GADEX

El Enano de la Venta.

CORO DE MODERNISTAS

¡Cuenta! ¡Cuenta! ¡Cuenta!

DORIO DE GADEX

Con bravatas de valiente.

CORO DE MODERNISTAS

¡Miente! ¡Miente! ¡Miente!

DORIO DE GADEX

Quiere gobernar la Harca.

CORO DE MODERNISTAS

¡Charca! ¡Charca! ¡Charca!

DORIO DE GADEX

Y es un Tartufo Malsín.

CORO DE MODERNISTAS

¡Sin! ¡Sin! ¡Sin!

DORIO DE GADEX

Sin un adarme de seso.

CORO DE MODERNISTAS

¡Eso! ¡Eso! ¡Eso!

DORIO DE GADEX

Pues tiene hueca la bola.

CORO DE MODERNISTAS

¡Chola! ¡Chola! ¡Chola!

DORIO DE GADEX

Pues tiene la chola hueca.

CORO DE MODERNISTAS

¡Eureka! ¡Eureka! ¡Eureka!

Gran interrupción. Un trote épico, y la patrulla de Soldados Romanos desemboca por una calle traviesa. Traen la luna sobre los cascos y en los charrascos. Suena un toque de atención y se cierra con golpe pronto la puerta de la Buñolería. PITITO, *capitán de los équites municipales, se levanta sobre los estribos.*

EL CAPITÁN PITITO

¡Mentira parece que sean ustedes intelectuales y que promuevan estos escándalos! ¿Qué dejan ustedes para los analfabetos?

MAX

¡Eureka! ¡Eureka! ¡Eureka! ¡Pico de Oro! En griego, para mayor claridad, Crisóstomo. ¡Señor Centurión, usted hablará el griego en sus cuatro dialectos!

EL CAPITÁN PITITO

¡Por borrachín, a la Delega!

MAX

Y más chulo que un ocho. ¡Señor Centurión, yo también chanelo el sermo vulgaris!

EL CAPITÁN PITITO

¡Serenooo!... ¡Serenooo!...

EL SERENO

¡Vaaa!...

EL CAPITÁN PITITO

¡Encárguese usted de este curda!

Llega EL SERENO *meciendo a compás el farol y el chuzo. Jadeos y vahos de aguardiente.* EL CAPITÁN PITITO *revuelve el caballo: Vuelan chispas de las herraduras. Resuena el trote sonoro de la patrulla que se aleja.*

EL CAPITÁN PITITO

¡Me responde usted de ese hombre, Sereno!

EL SERENO

¿Habrá que darle amoniaco?

EL CAPITÁN PITITO

Habrá que darle para el pelo.

EL SERENO

¡Está bien!

DON LATINO

Max, convídale a una copa. Hay que domesticar a este troglodita asturiano.

MAX

Estoy apré.

DON LATINO

¿No te queda nada?

MAX

¡Ni una perra!

EL SERENO

Camine usted.

MAX

Soy ciego.

EL SERENO

¿Quiere usted que un servidor le vuelva la vista?

MAX

¿Eres Santa Lucía?

EL SERENO

¡Soy autoridad!

MAX

No es lo mismo.

EL SERENO

Pudiera serlo. Camine usted.

MAX

Ya he dicho que soy ciego.

EL SERENO

Usted es un anárquico y estos sujetos de las melenas: ¡Viento! ¡Viento! ¡Viento! ¡Mucho viento!

DON LATINO

¡Una galerna!

EL SERENO

¡Atrás!

VOCES DE LOS MODERNISTAS

¡Acompañamos al Maestro! ¡Acompañamos al Maestro!

UN VECINO

¡Pepeee! ¡Pepeee!

EL SERENO

¡Vaaa! Retírense ustedes sin manifestación.

Golpea con el chuzo en la puerta de la Buñolería. Asoma el buñolero, un hombre gordo con delantal blanco: Se informa, se retira musitando y a poco salen adormilados, ciñéndose el correaje dos Guardias Municipales.

UN GUARDIA

¿Qué hay?

EL SERENO

Este punto para la Delega.

EL OTRO GUARDIA

Nosotros vamos al relevo. Lo entregaremos en Gobernación.

EL SERENO

Donde la duerma.

EL VECINO

¡Pepeee! ¡Pepeee!

EL SERENO

¡Otro curda!—¡Vaaa!—Sus lo entrego.

LOS DOS GUARDIAS

Ustedes, caballeros, retírense.

DORIO DE GADEX

Acompañamos al Maestro.

UN GUARDIA

¡Ni que se llamase este curda Don Mariano de Cavia! ¡Ése sí que es cabeza! ¡Y cuanto más curda, mejor lo saca!

EL OTRO GUARDIA

¡Por veces también se pone pelma!

DON LATINO

¡Y faltón!

UN GUARDIA

¿Usted, por lo que habla, le conoce?

DON LATINO

Y le tuteo.

EL OTRO GUARDIA

¿Son ustedes periodistas?

DORIO DE GADEX

¡Lagarto! ¡Lagarto!

LA PISA BIEN

Son banqueros.

UN GUARDIA

Si quieren acompañar a su amigo, no se oponen las leyes y hasta lo permiten, pero deberán guardar moderación ustedes. Yo respeto mucho el talento.

EL OTRO GUARDIA

Caminemos.

MAX

Latino, dame la mano. ¡Señores guardias, ustedes me perdonarán que sea ciego!

UN GUARDIA

Sobra tanta política.

DON LATINO

¿Qué ruta consagramos?

UN GUARDIA

Al Ministerio de la Gobernación.

EL OTRO GUARDIA

¡Vivo! ¡Vivo!

MAX

¡Muera Maura! ¡Muera el Gran Fariseo!

CORO DE MODERNISTAS

¡Muera! ¡Muera! ¡Muera!

MAX

Muera el judío y toda su execrable parentela.

UN GUARDIA

¡Basta de voces! ¡Cuidado con el poeta curda! ¡Se la está ganando, me caso en Sevilla!

EL OTRO GUARDIA

A éste habrá que darle para el pelo. Lo cual que sería lástima, porque debe ser hombre de mérito.

ESCENA QUINTA

Zaguán en el Ministerio de la Gobernación. Estantería con legajos. Bancos al filo de la pared. Mesa con carpetas de badana mugrienta. Aire de cueva y olor frío de tabaco rancio. Guardias soñolientos. Policías de la Secreta.—Hongos, garrotes, cuellos de celuloide, grandes sortijas, lunares rizosos y flamencos.—Hay un viejo chabacano —bisoñé y manguitos de percalina— que escribe y un pollo chulapón de peinado reluciente, con brisas de perfumería, que se pasea y dicta humeando un veguero. DON SERAFÍN, *le dicen sus obligados, y la voz de la calle* SERAFÍN EL BONITO.*—Leve tumulto. Dando voces, la cabeza desnuda, humorista y lunático, irrumpe* MAX ESTRELLA.—DON LATINO *le guía por la manga, implorante y suspirante. Detrás asoman los cascos de los Guardias. Y en el corredor se agrupan, bajo la luz de una candileja, pipas, chalinas y melenas del modernismo.*

MAX

¡Traigo detenida una pareja de guindillas! Estaban emborrachándose en una tasca y los hice salir a darme escolta.

SERAFÍN EL BONITO

Corrección, señor mío.

MAX

No falto a ella, señor Delegado.

SERAFÍN EL BONITO

Inspector.

MAX

Todo es uno y lo mismo.

SERAFÍN EL BONITO

¿Cómo se llama usted?

MAX

Mi nombre es Máximo Estrella. Mi seudónimo Mala Estrella. Tengo el honor de no ser Académico.

SERAFÍN EL BONITO

Está usted propasándose. ¿Guardias, por qué viene detenido?

UN GUARDIA

Por escándalo en la vía pública y gritos internacionales. ¡Está algo briago!

SERAFÍN EL BONITO

¿Su profesión?

MAX

Cesante.

SERAFÍN EL BONITO

¿En qué oficina ha servido usted?

MAX

En ninguna.

SERAFÍN EL BONITO

¿No ha dicho usted que cesante?

MAX

Cesante de hombre libre y pájaro cantor. ¿No me veo vejado, vilipendiado, encarcelado, cacheado e interrogado?

SERAFÍN EL BONITO

¿Dónde vive usted?

MAX

Bastardillos. Esquina a San Cosme. Palacio.

UN GUINDILLA

Diga usted casa de vecinos. Mi señora, cuando aún no lo era, habitó un sotabanco de esa susodicha finca.

MAX

Donde yo vivo, siempre es un palacio.

EL GUINDILLA

No lo sabía.

MAX

Porque tú, gusano burocrático, no sabes nada. ¡Ni soñar!

SERAFÍN EL BONITO

¡Queda usted detenido!

MAX

¡Bueno! ¿Latino, hay algún banco donde pueda echarme a dormir?

SERAFÍN EL BONITO

Aquí no se viene a dormir.

MAX

¡Pues yo tengo sueño!

SERAFÍN EL BONITO

¡Está usted desacatando mi autoridad! ¿Sabe usted quién soy yo?

MAX

¡Serafín el Bonito!

SERAFÍN EL BONITO

¡Como usted repita esa gracia, de una bofetada, le doblo!

MAX

¡Ya se guardará usted del intento! ¡Soy el primer poeta de España! ¡Tengo influencia en todos los periódicos! ¡Conozco al Ministro! ¡Hemos sido compañeros!

SERAFÍN EL BONITO

El Señor Ministro no es un golfo.

MAX

Usted desconoce la Historia Moderna.

SERAFÍN EL BONITO

¡En mi presencia no se ofende a Don Paco! Eso no lo tolero. ¡Sepa usted que Don Paco es mi padre!

MAX

No lo creo. Permítame usted que se lo pregunte por teléfono.

SERAFÍN EL BONITO

Se lo va usted a preguntar desde el calabozo.

DON LATINO

¡Señor Inspector, tenga usted alguna consideración! ¡Se trata de una gloria nacional! ¡El Víctor Hugo de España!

SERAFÍN EL BONITO

Cállese usted.

DON LATINO

Perdone usted mi entrometimiento.

SERAFÍN EL BONITO

¡Si usted quiere acompañarle, también hay para usted alojamiento!

DON LATINO

¡Gracias, Señor Inspector!

SERAFÍN EL BONITO

Guardias, conduzcan ustedes ese curda al Número 2.

UN GUARDIA

¡Camine usted!

MAX

No quiero.

SERAFÍN EL BONITO

Llévenle ustedes a rastras.

OTRO GUARDIA

¡So golfo!

MAX

¡Que me asesinan! ¡Que me asesinan!

UNA VOZ MODERNISTA

¡Bárbaros!

DON LATINO

¡Que es una gloria nacional!

SERAFÍN EL BONITO

Aquí no se protesta. Retírense ustedes.

OTRA VOZ MODERNISTA

¡Viva la Inquisición!

SERAFÍN EL BONITO

¡Silencio, o todos quedan detenidos!

MAX

¡Que me asesinan! ¡Que me asesinan!

LOS GUARDIAS

¡Borracho! ¡Golfo!

EL GRUPO MODERNISTA

¡Hay que visitar las Redacciones!

Sale en tropel el grupo.—Chalinas flotantes, pipas apagadas, románticas greñas. Se oyen estallar las bofetadas y las voces tras la puerta del calabozo.

SERAFÍN EL BONITO

¡Creerán esos niños modernistas, que aquí se reparten caramelos!

ESCENA SEXTA

El calabozo. Sótano mal alumbrado por una candileja. En la sombra, se mueve el bulto de un hombre.—Blusa, tapabocas y alpargatas.—Pasea hablando solo. Repentinamente se abre la puerta. MAX ESTRELLA, *empujado y trompicando, rueda al fondo del calabozo. Se cierra de golpe la puerta.*

MAX

¡Canallas! ¡Asalariados! ¡Cobardes!

VOZ FUERA

¡Aún vas a llevar mancuerda!

MAX

¡Esbirro!

Sale de la tiniebla el bulto del hombre morador del calabozo. Bajo la luz se le ve esposado, con la cara llena de sangre.

EL PRESO

¡Buenas noches!

MAX

¿No estoy solo?

EL PRESO

Así parece.

MAX

¿Quién eres, compañero?

EL PRESO

Un paria.

MAX

¿Catalán?

EL PRESO

De todas partes.

MAX

¡Paria!... Solamente los obreros catalanes aguijan su rebeldía con ese denigrante epíteto. Paria, en bocas como la tuya, es una espuela. Pronto llegará vuestra hora.

EL PRESO

Tiene usted luces que no todos tienen. Barcelona alimenta una hoguera de odio, soy obrero barcelonés y a orgullo lo tengo.

MAX

¿Eres anarquista?

EL PRESO

Soy lo que me han hecho las Leyes.

MAX

Pertenecemos a la misma Iglesia.

EL PRESO

Usted lleva chalina.

MAX

¡El dogal de la más horrible servidumbre! Me lo arrancaré, para que hablemos.

EL PRESO

Usted no es proletario.

MAX

Yo soy el dolor de un mal sueño.

EL PRESO

Parece usted hombre de luces. Su hablar es como de otros tiempos.

MAX

Yo soy un poeta ciego.

EL PRESO

¡No es pequeña desgracia!... En España el trabajo y la inteligencia siempre se han visto menospreciados. Aquí todo lo manda el dinero.

MAX

Hay que establecer la guillotina eléctrica en la Puerta del Sol.

EL PRESO

No basta. El ideal revolucionario tiene que ser la destrucción de la riqueza, como en Rusia. No es suficiente la degollación de todos los ricos: Siempre aparecerá un heredero, y aun cuando se suprima la herencia, no podrá evitarse que los despojados conspiren para recobrarla. Hay que hacer imposible el orden anterior, y eso sólo se consigue destruyendo la riqueza. Barcelona industrial tiene que hundirse para renacer de sus escombros con otro concepto de la propiedad y del trabajo. En Europa, el patrono de más negra entraña es el catalán, y no digo del mundo porque existen las Colonias Españolas de América. ¡Barcelona solamente se salva pereciendo!

MAX

¡Barcelona es cara a mi corazón!

EL PRESO

¡Yo también la recuerdo!

MAX

Yo le debo los únicos goces en la lobreguez de mi ceguera. Todos los días un patrono muerto, algunas veces, dos... Eso consuela.

EL PRESO

No cuenta usted los obreros que caen.

MAX

Los obreros se reproducen populosamente, de un modo comparable a las moscas. En cambio los patronos, como los elefantes, como todas las bestias poderosas y prehistóricas, procrean lentamente. Saulo, hay que difundir por el mundo la religión nueva.

EL PRESO

Mi nombre es Mateo.

MAX

Yo te bautizo Saulo. Soy poeta y tengo el derecho al alfabeto. Escucha para cuando seas libre, Saulo: Una buena cacería puede encarecer la piel de patrono catalán por encima del marfil de Calcuta.

EL PRESO

En ello laboramos.

MAX

Y en último consuelo, aun cabe pensar que exterminando al proletario, también se extermina al patrón.

EL PRESO

Acabando con la ciudad, acabaremos con el judaísmo barcelonés.

MAX

No me opongo. Barcelona semita sea destruida, como Cartago y Jerusalén. *¡Alea iacta est!* Dame la mano.

EL PRESO

Estoy esposado.

MAX

¿Eres joven? No puedo verte.

EL PRESO

Soy joven: Treinta años.

MAX

¿De qué te acusan?

EL PRESO

Es cuento largo. Soy tachado de rebelde... No quise dejar el telar por ir a la guerra y levanté un motín en la fábrica. Me denunció el patrón, cumplí condena, recorrí el mundo buscando trabajo, y ahora voy por tránsitos, reclamado de no sé qué jueces. Conozco la suerte que me espera: Cuatro tiros por intento de fuga. Bueno. Si no es más que eso.

MAX

¿Pues qué temes?

EL PRESO

Que se diviertan dándome tormento.

MAX

¡Bárbaros!

EL PRESO

Hay que conocerlos.

MAX

Canallas. ¡Y ésos son los que protestan de la leyenda negra!

EL PRESO

Por siete pesetas, al cruzar un lugar solitario, me sacarán la vida los que tienen a su cargo la defensa del pueblo. ¡Y a esto llaman justicia los ricos canallas!

MAX

Los ricos y los pobres, la barbarie ibérica es unánime.

EL PRESO

¡Todos!

MAX

¡Todos! ¿Mateo, dónde está la bomba que destripe el terrón maldito de España?

EL PRESO

¡Señor poeta que tanto adivina, no ha visto usted una mano levantada?

Se abre la puerta del calabozo y EL LLAVERO, *con jactancia de rufo, ordena al preso maniatado que le acompañe.*

EL LLAVERO

¡Tú, catalán, dispónte!

EL PRESO

Estoy dispuesto.

EL LLAVERO

Pues andando. Gachó, vas a salir en viaje de recreo.

El esposado, con resignada entereza, se acerca al ciego y le toca el hombro con la barba: Se despide hablando a media voz.

EL PRESO

Llegó la mía... Creo que no volveremos a vernos...

MAX

¡Es horrible!

EL PRESO

Van a matarme... ¿Qué dirá mañana esa Prensa canalla?

MAX

Lo que le manden.

EL PRESO

¿Está usted llorando?

MAX

De impotencia y de rabia. Abracémonos, hermano.

Se abrazan. El carcelero y el esposado salen. Vuelve a cerrarse la puerta. MAX ESTRELLA *tantea buscando la pared, y se sienta con las piernas cruzadas, en una actitud religiosa, de meditación asiática. Exprime un gran dolor taciturno el bulto del poeta ciego. Llega de fuera tumulto de voces y galopar de caballos.*

ESCENA SÉPTIMA

La Redacción de El Popular: *Sala baja con piso de baldosas: En el centro, una mesa larga y negra, rodeada de sillas vacías, que marcan los puestos, ante roídas carpetas y rimeros de cuartillas que destacan su blancura en el círculo luminoso y verdoso de una lámpara con enagüillas. Al extremo fuma y escribe un hombre calvo, el eterno redactor del perfil triste, el gabán con flecos, los dedos de gancho y las uñas entintadas. El hombre lógico y mítico enciende el cigarro apagado. Se abre la mampara y el grillo de un timbre rasga el silencio. Asoma* EL CONSERJE, *vejete renegado, bigotudo, tripón, parejo de aquellos bizarros coroneles que en las procesiones se caen del caballo. Un enorme parecido que extravaga.*

EL CONSERJE

Ahí está Don Latino de Hispalis, con otros capitalistas de su cuerda. Vienen preguntando por el Señor Director. Les he dicho que solamente estaba usted en la casa. ¿Los recibe usted, Don Filiberto?

DON FILIBERTO

Que pasen.

Sigue escribiendo. EL CONSERJE *sale y queda batiente la verde mampara que proyecta un recuerdo de garitos y naipes. Entra el cotarro modernista, greñas, pipas, gabanes repelados y alguna capa. El periodista calvo levanta los anteojos a la frente, requiere el cigarro y se da importancia.*

DON FILIBERTO

¡Caballeros y hombres buenos, adelante! ¿Ustedes me dirán lo que desean de mí y del *Journal?*

DON LATINO

¡Venimos a protestar contra un indigno atropello de la Policía! Max Estrella, el gran poeta, aun cuando muchos se nieguen a reconocerlo, acaba de ser detenido y maltratado brutalmente en un sótano del Ministerio de la Desgobernación.

DORIO DE GADEX

En España sigue reinando Carlos II.

DON FILIBERTO

¡Válgame un santo de palo! ¿Nuestro gran poeta estaría curda?

DON LATINO

Una copa de más no justifica esa violación de los derechos individuales.

DON FILIBERTO

Max Estrella también es amigo nuestro. ¡Válgame un santo de palo! El Señor Director, cuando a esta hora falta, ya no viene... Ustedes conocen cómo se hace un periódico. ¡El Director es siempre un tirano!... Yo, sin consultarle, no me decido a recoger en nuestras columnas la protesta de ustedes. Desconozco la política del periódico con la Dirección de Seguridad... Y el relato de ustedes, francamente, me parece un poco exagerado.

DORIO DE GADEX

¡Es pálido, Don Filiberto!

CLARINITO

¡Una cobardía!

PÉREZ

¡Una vergüenza!

DON LATINO

¡Una canallada!

DORIO DE GADEX

¡En España reina siempre Felipe II!

DON LATINO

¡Dorio, hijo mío, no nos anonades!

DON FILIBERTO

¡Juventud! ¡Noble apasionamiento! ¡Divino tesoro, como dijo el vate de Nicaragua! ¡Juventud, divino tesoro! Yo también leo, y algunas veces admiro a los genios del modernismo.

El Director bromea que estoy contagiado. ¿Alguno de ustedes ha leído el cuento que publiqué en *Los Orbes?*

CLARINITO

¡Yo, Don Filiberto! Leído y admirado.

DON FILIBERTO

¿Y usted, amigo Dorio?

DORIO DE GADEX

Yo nunca leo a mis contemporáneos, Don Filiberto.

DON FILIBERTO

¡Amigo Dorio, no quiero replicarle que también ignora a los clásicos!

DORIO DE GADEX

A usted y a mí nos rezuma el ingenio, Don Filiberto. En el cuello del gabán llevamos las señales.

DON FILIBERTO

Con esa alusión a la estética de mi indumentaria, se me ha revelado usted como un joven esteta.

DORIO DE GADEX

¡Es usted corrosivo, Don Filiberto!

DON FILIBERTO

¡Usted me ha buscado la lengua!

DORIO DE GADEX

¡A eso no llego!

CLARINITO

Dorio, no hagas chistes de primero de latín.

DON FILIBERTO

Amigo Dorio, tengo alguna costumbre de estas cañas y lanzas del ingenio. Son las justas del periodismo. No me refiero al periodismo de ahora. Con Silvela he discreteado en un banquete, cuando me premiaron en los Juegos Florales de Málaga la Bella. Narciso Díaz aún recordaba poco hace aquel torneo en una crónica de *El Heraldo.* Una crónica deliciosa, como todas las suyas, y reconocía que no había yo llevado la peor parte. Citaba mi definición del periodismo. ¿Ustedes la conocen? Se la diré, sin embargo. El periodista es el plumífero parlamentario. El Congreso es una gran redacción, y cada redacción un pequeño Congreso. El periodismo es travesura, lo mismo que la política. Son el mismo círculo en diferentes espacios. Teosóficamente podría explicárselo a ustedes, si estuviesen ustedes iniciados en la noble Doctrina del Karma.

DORIO DE GADEX

Nosotros no estamos iniciados, pero quien chanela algo es Don Latino.

DON LATINO

¡Más que algo, niño, más que algo! Ustedes no conocen la cabalatrina de mi seudónimo: Soy Latino por las aguas del bautismo: Soy Latino por mi nacimiento en la bética Hispalis, y Latino por dar mis murgas en el Barrio Latino de París. Latino, en lectura cabalística, se resuelve en una de las palabras mágicas: Onital. Usted, Don Filiberto, también toca algo en el magismo y la cábala.

DON FILIBERTO

No confundamos. Eso es muy serio, Don Latino. ¡Yo soy teósofo!

DON LATINO

¡Yo no sé lo que soy!

DON FILIBERTO

Lo creo.

DORIO DE GADEX

Un golfo madrileño.

DON LATINO

Dorio, no malgastes el ingenio, que todo se acaba. Entre amigos basta con sacar la petaca, se queda mejor. ¡Vaya, dame un pito!

DORIO DE GADEX

No fumo.

DON FILIBERTO

¡Otro vicio tendrá usted!

DORIO DE GADEX

Estupro criadas.

DON FILIBERTO

¿Es agradable?

DORIO DE GADEX

Tiene sus encantos, Don Filiberto.

DON FILIBERTO

¿Será usted padre innúmero?

DORIO DE GADEX

Las hago abortar.

DON FILIBERTO

¡También infanticida!

PÉREZ

Un cajón de sastre.

DORIO DE GADEX

¡Pérez, no metas la pata! Don Filiberto, un servidor es neomaltusiano.

DON FILIBERTO

¿Lo pone usted en las tarjetas?

DORIO DE GADEX

Y tengo un anuncio luminoso en casa.

DON LATINO

Y así, revertiéndonos la olla vacía, los españoles nos consolamos del hambre y de los malos gobernantes.

DORIO DE GADEX

Y de los malos cómicos, y de las malas comedias, y del servicio de tranvías y del adoquinado.

PÉREZ

¡Eres un iconoclasta!

DORIO DE GADEX

Pérez, escucha respetuosamente y calla.

DON FILIBERTO

En España podrá faltar el pan, pero el ingenio y el buen humor no se acaban.

DORIO DE GADEX

¿Sabe usted quién es nuestro primer humorista, Don Filiberto?

DON FILIBERTO

Ustedes los iconoclastas dirán, quizá, que Don Miguel de Unamuno.

DORIO DE GADEX

¡No, señor! El primer humorista es Don Alfonso XIII.

DON FILIBERTO

Tiene la viveza madrileña y borbónica.

DORIO DE GADEX

El primer humorista, Don Filiberto. ¡El primero! Don Alfonso ha batido el récord haciendo presidente del Consejo a García Prieto.

DON FILIBERTO

Aquí, joven amigo, no se pueden proferir esas blasfemias. Nuestro periódico sale inspirado por Don Manuel García Prieto. Reconozco que no es un hombre brillante, que no es un orador, pero es un político serio. En fin, volvamos al caso de nuestro amigo Mala Estrella. Yo podría telefonear a la Secretaría Particular del Ministro: Está en ella un muchacho que hizo aquí tribunales. Voy a pedir comunicación. ¡Válgame un santo de palo! Mala Estrella es uno de los maestros y merece alguna consideración. ¿Qué dejan esos caballeros para los chulos y los guapos? ¡La gentuza de navaja! ¿Mala Estrella se hallaría como de costumbre?...

DON LATINO

Iluminado.

DON FILIBERTO

¡Es deplorable!

DON LATINO

Hoy no pasaba de lo justo. Yo le acompañaba. ¡Cuente usted! ¡Amigos desde París! ¿Usted conoce París? Yo fui a París con la Reina Doña Isabel. Escribí entonces en defensa de la Señora. Traduje algunos libros para la Casa Garnier. Fui redactor financiero de *La Lira Hispano-Americana:* ¡Una gran revista! Y siempre mi seudónimo Latino de Hispalis.

Suena el timbre del teléfono. DON FILIBERTO, *el periodista calvo y catarroso, el hombre lógico y mítico de todas las redacciones, pide comunicación con el Ministerio de Gobernación, Secretaría Particular. Hay un silencio. Luego murmullos, leves risas, algún chiste en voz baja.* DORIO DE GADEX *se sienta en el sillón del Director, pone sobre la mesa sus botas rotas y lanza un suspiro.*

DORIO DE GADEX

Voy a escribir el artículo de fondo, glosando el discurso de nuestro jefe: «¡Todas las fuerzas vivas del país están muertas!», exclamaba aun ayer en un magnífico arranque oratorio nuestro amigo el ilustre Marqués de Alhucemas. Y la Cámara, completamente subyugada, aplaudía la profundidad del concepto, no más profundo que aquel otro: «Ya se van alejando los escollos». Todos los cuales se resumen en el supremo apóstrofe: «Santiago y abre España, a la libertad y al progreso».

DON FILIBERTO *suelta la trompetilla del teléfono y viene al centro de la sala, cubriéndose la calva con las manos amarillas y entintadas: ¡Manos de esqueleto memorialista en el día bíblico del Juicio Final!*

DON FILIBERTO

¡Esa broma es intolerable! ¡Baje usted los pies! ¡Dónde se ha visto igual grosería!

DORIO DE GADEX

En el Senado Yanqui.

DON FILIBERTO

¡Me ha llenado usted la carpeta de tierra!

DORIO DE GADEX

Es mi lección de filosofía. ¡Polvo eres y en polvo te convertirás!

DON FILIBERTO

¡Ni siquiera sabe usted decirlo en latín! ¡Son ustedes unos niños procaces!

CLARINITO

Don Filiberto, nosotros no hemos faltado.

DON FILIBERTO

Ustedes han celebrado la gracia, y la risa en este caso es otra procacidad. ¡La risa de lo que está muy por encima de ustedes! Para ustedes no hay nada respetable: ¡Maura es un charlatán!

DORIO DE GADEX

¡El Rey del Camelo!

DON FILIBERTO

¡Benlliure un santi boni barati!

DORIO DE GADEX

Dicho en valenciano.

DON FILIBERTO

Cavestany, el gran poeta, un coplero.

DORIO DE GADEX

Profesor de guitarra por cifra.

DON FILIBERTO

¡Qué de extraño tiene que mi ilustre jefe les parezca un mamarracho!

DORIO DE GADEX

Un yerno más.

DON FILIBERTO

Para ustedes en nuestra tierra no hay nada grande, nada digno de admiración. ¡Les compadezco! ¡Son ustedes bien desgraciados! ¡Ustedes no sienten la Patria!

DORIO DE GADEX

Es un lujo que no podemos permitirnos. Espere usted que tengamos automóvil, Don Filiberto.

DON FILIBERTO

¡Ni siquiera pueden ustedes hablar en serio! Hay alguno de ustedes, de los que ustedes llaman maestros, que se atreve a gritar viva la bagatela. ¡Y eso no en el café, no en la tertulia de amigos, sino en la tribuna de la Docta Casa! ¡Y eso no puede ser, caballeros! Ustedes no creen en nada: Son iconoclastas y son cínicos. Afortunadamente hay una juventud que no son ustedes, una juventud estudiosa, una juventud preocupada, una juventud llena de civismo.

DON LATINO

Protesto, si se refiere usted a los niños de la Acción Ciudadana. Siquiera estos modernistas, llamémosles golfos distinguidos, no han llegado a ser policías honorarios. A cada cual lo suyo. ¿Y parece ser que esta tarde mataron a uno de esos pollos de gabardina? ¿Usted tendrá noticias?

DON FILIBERTO

Era un pollo relativo. Sesenta años.

DON LATINO

Bueno, pues que lo entierren. ¡Que haya un cadáver más, sólo importa a la funeraria!

Rompe a sonar el timbre del teléfono. DON FILIBERTO *toma la trompetilla y comienza una pantomima de cabeceos, apartes y gritos. Mientras escucha con el cuello torcido y la trompetilla en la oreja, esparce la mirada por la sala, vigilando a los jóvenes modernistas. Al colgar la trompetilla tiene una expresión candorosa de conciencia honrada. Reaparece el teósofo, en su sonrisa plácida, en el marfil de sus sienes, en toda la ancha redondez de su calva.*

DON FILIBERTO

Ya está transmitida la orden de poner en libertad a nuestro amigo Estrella. Aconséjenle ustedes que no beba. Tiene talento. Puede hacer mucho más de lo que hace. Y ahora váyanse y déjenme trabajar. Tengo que hacerme solo todo el periódico.

ESCENA OCTAVA

Secretaría Particular de Su Excelencia. Olor de brevas habanas, malos cuadros, lujo aparente y provinciano. La estancia tiene un recuerdo partido por medio, de oficina y sala de círculo con timba. De repente el grillo del teléfono se orina en el gran regazo burocrático. Y DIEGUITO GARCÍA *—Don Diego del Corral, en la* Revista de Tribunales y Estrados*— pega tres brincos y se planta la trompetilla en la oreja.*

DIEGUITO

¿Con quién hablo?

....

Ya he transmitido la orden para que se le ponga en libertad.

....

¡De nada! ¡De nada!

....

¡Un alcohólico!

....

Sí... Conozco su obra.

....

¡Una desgracia!

....

No podrá ser. ¡Aquí estamos sin un cuarto!

....

Se lo diré. Tomo nota.

....

¡De nada! ¡De nada!

MAX ESTRELLA *aparece en la puerta, pálido, arañado, la corbata torcida, la expresión altanera y alocada. Detrás, abotonándose los calzones, aparece* EL UJIER.

EL UJIER

Deténgase usted, caballero.

MAX

No me ponga usted la mano encima.

EL UJIER

Salga usted sin hacer desacato.

MAX

Anúncieme usted al Ministro.

EL UJIER

No está visible.

MAX

¡Ah! Es usted un gran lógico. Pero estará audible.

EL UJIER

Retírese, caballero. Éstas no son horas de audiencia.

MAX

Anúncieme usted.

EL UJIER

Es la orden... Y no vale ponerse pelmazo, caballero.

DIEGUITO

Fernández, deje usted a ese caballero que pase.

MAX

¡Al fin doy con un indígena civilizado!

DIEGUITO

Amigo Mala Estrella, usted perdonará que sólo un momento me ponga a sus órdenes. Me habló por usted la Redacción de *El Popular.* Allí le quieren a usted. A usted le quieren y le admiran en todas partes. Usted me deja mandado aquí y donde sea. No me olvide... ¡Quién sabe!... Yo tengo la nostalgia del periodismo... Pienso hacer algo... Hace tiempo acaricio la idea de una hoja volandera, un periódico ligero, festivo, espuma de champaña, fuego de virutas. Cuento con usted. Adiós, Maestro. ¡Deploro que la ocasión de conocernos haya venido de suceso tan desagradable!

MAX

De eso vengo a protestar. ¡Tienen ustedes una policía reclutada entre la canalla más canalla!

DIEGUITO

Hay de todo, Maestro.

MAX

No discutamos. Quiero que el Ministro me oiga y al mismo tiempo darle las gracias por mi libertad.

DIEGUITO

El Señor Ministro no sabe nada.

MAX

Lo sabrá por mí.

DIEGUITO

El Señor Ministro ahora trabaja. Sin embargo, voy a entrar.

MAX

Y yo con usted.

DIEGUITO

¡Imposible!

MAX

¡Daré un escándalo!

DIEGUITO

¡Está usted loco!

MAX

Loco de verme desconocido y negado. El Ministro es amigo mío, amigo de los tiempos heroicos. ¡Quiero oírle decir que no me conoce! ¡Paco! ¡Paco!

DIEGUITO

Le anunciaré a usted.

MAX

Yo me basto. ¡Paco! ¡Paco! ¡Soy un espectro del pasado!

Su Excelencia abre la puerta de su despacho y asoma en mangas de camisa, la bragueta desabrochada, el chaleco suelto y los quevedos pendientes de un cordón, como dos ojos absurdos bailándole sobre la panza.

EL MINISTRO

¿Qué escándalo es éste, Dieguito?

DIEGUITO

Señor Ministro, no he podido evitarlo.

EL MINISTRO

¿Y ese hombre quién es?

MAX

¡Un amigo de los tiempos heroicos! ¡No me reconoces, Paco! ¡Tanto me ha cambiado la vida! ¡No me reconoces! ¡Soy Máximo Estrella!

EL MINISTRO

¡Claro! ¡Claro! ¡Claro! ¿Pero estás ciego?

MAX

Como Homero y como Belisario.

EL MINISTRO

Una ceguera accidental, supongo...

MAX

Definitiva e irrevocable. Es el regalo de Venus.

EL MINISTRO

Válgate Dios. ¿Y cómo no te has acordado de venir a verme antes de ahora? Apenas leo tu firma en los periódicos.

MAX

¡Vivo olvidado! Tú has sido un vidente dejando las letras por hacernos felices gobernando. Paco, las letras no dan para comer. ¡Las letras son colorín, pingajo y hambre!

EL MINISTRO

Las letras, ciertamente, no tienen la consideración que debieran, pero son ya un valor que se cotiza. Amigo Max, yo voy a continuar trabajando. A este pollo le dejas una nota de lo que deseas... Llegas ya un poco tarde.

MAX

Llego en mi hora. No vengo a pedir nada. Vengo a exigir una satisfacción y un castigo. Soy ciego, me llaman poeta, vivo de hacer versos y vivo miserable. Estás pensando que soy un borracho. ¡Afortunadamente! Si no fuese un borracho ya me hubiera pegado un tiro. ¡Paco, tus sicarios no tienen derecho a escupirme y abofetearme, y vengo a pedir un castigo para esa turba de miserables y un desagravio a la Diosa Minerva!

EL MINISTRO

Amigo Max, yo no estoy enterado de nada. ¿Qué ha pasado, Dieguito?

DIEGUITO

Como hay un poco de tumulto callejero, y no se consienten grupos y estaba algo excitado el Maestro...

MAX

He sido injustamente detenido, inquisitorialmente torturado. En las muñecas tengo las señales.

EL MINISTRO

¿Qué parte han dado los guardias, Dieguito?

DIEGUITO

En puridad, lo que acabo de resumir al Señor Ministro.

MAX

¡Pues es mentira! He sido detenido por la arbitrariedad de un legionario, a quien pregunté, ingenuo, si sabía los cuatro dialectos griegos.

EL MINISTRO

Real y verdaderamente la pregunta es arbitraria. ¡Suponerle a un guardia tan altas Humanidades!

MAX

Era un teniente.

EL MINISTRO

Como si fuese un Capitán General. ¡No estás sin ninguna culpa! ¡Eres siempre el mismo calvatrueno! ¡Para ti no pasan los años! ¡Ay, cómo envidio tu eterno buen humor!

MAX

¡Para mí, siempre es de noche! Hace un año que estoy ciego. Dicto y mi mujer escribe, pero no es posible.

EL MINISTRO

¿Tu mujer es francesa?

MAX

Una santa del Cielo, que escribe el español con una ortografía del Infierno. Tengo que dictarle letra por letra. Las ideas se me desvanecen. ¡Un tormento! Si hubiera pan en mi casa, maldito si me apenaba la ceguera. El ciego se entera mejor de las cosas del mundo, los ojos son unos ilusionados embusteros. ¡Adiós, Paco! Conste que no he venido a pedirte ningún favor. Max Estrella no es el pobrete molesto.

EL MINISTRO

Espera, no te vayas, Máximo. Ya que has venido, hablemos. Tú resucitas toda una época de mi vida, acaso la mejor. ¡Qué lejana! Estudiábamos juntos. Vivíais en la calle del Recuerdo. Tenías una hermana. De tu hermana anduve yo enamorado. ¡Por ella hice versos!

MAX

¡Calle del Recuerdo,
Ventana de Helena,
La niña morena
Que asomada vi!
¡Calle del Recuerdo.
Rondalla de tuna,
Y escala de luna
Que en ella prendí!

EL MINISTRO

¡Qué memoria la tuya! ¡Me dejas maravillado! ¿Qué fue de tu hermana?

MAX

Entró en un convento.

EL MINISTRO

¿Y tu hermano Alex?

MAX

¡Murió!

EL MINISTRO

¿Y los otros? ¡Erais muchos!

MAX

¡Creo que todos han muerto!

EL MINISTRO

¡No has cambiado!... Max, yo no quiero herir tu delicadeza, pero en tanto dure aquí, puedo darte un sueldo.

MAX

¡Gracias!

EL MINISTRO

¿Aceptas?

MAX

¡Qué remedio!

EL MINISTRO

Tome usted nota, Dieguito. ¿Dónde vives, Max?

MAX

Dispóngase usted a escribir largo, joven maestro: —Bastardillos, veintitrés, duplicado, Escalera interior, Guardilla B—. Nota. Si en este laberinto hiciese falta un hilo para guiarse, no se le pida a la portera, porque muerde.

EL MINISTRO

¡Cómo te envidio el humor!

MAX

El mundo es mío, todo me sonríe, soy un hombre sin penas.

EL MINISTRO

¡Te envidio!

MAX

¡Paco, no seas majadero!

EL MINISTRO

Max, todos los meses te llevarán el haber a tu casa. ¡Ahora, adiós! ¡Dame un abrazo!

MAX

Toma un dedo y no te enternezcas.

EL MINISTRO

¡Adiós, Genio y Desorden!

MAX

Conste que he venido a pedir un desagravio para mi dignidad y un castigo para unos canallas. Conste que no alcanzo ninguna de las dos cosas y que me das dinero, y que lo acepto porque soy un canalla. No me estaba permitido irme del mundo sin haber tocado alguna vez el fondo de los Reptiles. ¡Me he ganado los brazos de Su Excelencia!

MÁXIMO ESTRELLA, *con los brazos abiertos en cruz, la cabeza erguida, los ojos parados, trágicos en su ciega quie-*

tud, avanza como un fantasma. Su Excelencia, tripudo, repintado, mantecoso, responde con un arranque de cómico viejo, en el buen melodrama francés. Se abrazan los dos. Su Excelencia, al separarse, tiene una lágrima detenida en los párpados. Estrecha la mano del bohemio y deja en ella algunos billetes.

EL MINISTRO

¡Adiós! ¡Adiós! Créeme que no olvidaré este momento.

MAX

¡Adiós, Paco! ¡Gracias en nombre de dos pobres mujeres!

Su Excelencia toca un timbre. EL UJIER *acude soñoliento.* MÁXIMO ESTRELLA, *tanteando con el palo, va derecho hacia el fondo de la estancia, donde hay un balcón.*

EL MINISTRO

Fernández, acompañe usted a ese caballero y déjele en un coche.

MAX

Seguramente que me espera en la puerta mi perro.

EL UJIER

Quien le espera a usted es un sujeto de edad, en la antesala.

MAX

Don Latino de Hispalis: Mi perro.

EL UJIER *toma de la manga al bohemio: Con aire torpón le saca del despacho y guipa al soslayo el gesto de Su Excelencia. Aquel gesto manido de actor de carácter en la gran escena del reconocimiento.*

EL MINISTRO

¡Querido Dieguito, ahí tiene usted un hombre a quien le ha faltado el resorte de la voluntad! Lo tuvo todo, figura, palabra, gracejo. Su charla cambiaba de colores como las llamas de un ponche.

DIEGUITO

¡Qué imagen soberbia!

EL MINISTRO

¡Sin duda, era el que más valía entre los de mi tiempo!

DIEGUITO

Pues véalo usted ahora en medio del arroyo, oliendo a aguardiente y saludando en francés a las proxenetas.

EL MINISTRO

¡Veinte años! ¡Una vida! ¡E inopinadamente, reaparece ese espectro de la bohemia! Yo me salvé del desastre renunciando al goce de hacer versos. Dieguito, usted de esto no sabe nada, porque usted no ha nacido poeta.

DIEGUITO

¡Lagarto! ¡Lagarto!

EL MINISTRO

¡Ay, Dieguito, usted no alcanzará nunca lo que son ilusión y bohemia! Usted ha nacido institucionista, usted no es un renegado del mundo del ensueño. ¡Yo, sí!

DIEGUITO

¿Lo lamenta usted, Don Francisco?

EL MINISTRO

Creo que lo lamento.

DIEGUITO

¿El Excelentísimo Señor Ministro de la Gobernación, se cambiaría por el poeta Mala Estrella?

EL MINISTRO

¡Ya se ha puesto la toga y los vuelillos el Señor Licenciado Don Diego del Corral! Suspenda un momento el interrogatorio su señoría y vaya pensando cómo se justifican las pesetas que hemos de darle a Máximo Estrella.

DIEGUITO

Las tomaremos de los fondos de Policía.

EL MINISTRO

¡Eironeia!

Su Excelencia se hunde en una poltrona, ante la chimenea que aventa sobre la alfombra una claridad trémula. Enciende un cigarro con sortija y pide La Gaceta. *Cabálgase los lentes, le pasa la vista, se hace un gorro y se duerme.*

ESCENA NOVENA

Un Café que prolongan empañados espejos. Mesas de mármol. Divanes rojos. El mostrador en el fondo, y detrás un vejete rubiales, destacado el busto sobre la diversa botillería. El Café tiene piano y violín. Las sombras y la música flotan en el vaho de humo y en el lívido temblor de los arcos voltaicos. Los espejos multiplicadores están llenos de un interés folletinesco, en su fondo, con una geometría absurda, extravaga el Café. El compás canalla de la música, las luces en el fondo de los espejos, el vaho de humo penetrado del temblor de los arcos voltaicos cifran su diversidad en una sola expresión. Entran extraños y son de repente transfigurados en aquel triple ritmo, MALA ESTRELLA *y* DON LATINO.

MAX

¿Qué tierra pisamos?

DON LATINO

El Café Colón.

MAX

Mira si está Rubén. Suele ponerse enfrente de los músicos.

DON LATINO

Allá está como un cerdo triste.

MAX

Vamos a su lado, Latino. Muerto yo, el cetro de la poesía pasa a ese negro.

DON LATINO

No me encargues de ser tu testamentario.

MAX

¡Es un gran poeta!

DON LATINO

Yo no lo entiendo.

MAX

¡Merecías ser el barbero de Maura!

Por entre sillas y mármoles llegan al rincón donde está sentado y silencioso RUBÉN DARÍO. *Ante aquella aparición, el poeta siente la amargura de la vida y, con gesto egoísta de niño enfadado, cierra los ojos y bebe un sorbo de su copa de ajenjo. Finalmente, su máscara de ídolo se anima con una sonrisa cargada de humedad. El ciego se detiene ante la mesa y levanta su brazo, con magno ademán de estatua cesárea.*

MAX

¡Salud, hermano, si menor en años, mayor en prez!

RUBÉN

¡Admirable! ¡Cuánto tiempo sin vernos, Max! ¿Qué haces?

MAX

¡Nada!

RUBÉN

¡Admirable! ¿Nunca vienes por aquí?

MAX

El café es un lujo muy caro, y me dedico a la taberna mientras llega la muerte.

RUBÉN

Max, amemos la vida y, mientras podamos, olvidemos a la Dama de Luto.

MAX

¿Por qué?

RUBÉN

¡No hablemos de Ella!

MAX

¡Tú la temes y yo la cortejo! ¡Rubén, te llevaré el mensaje que te plazca darme para la otra ribera de la Estigia! Vengo aquí para estrecharte por última vez la mano, guiado por el ilustre camello Don Latino de Hispalis. ¡Un hombre que desprecia tu poesía, como si fuese Académico!

DON LATINO

¡Querido Max, no te pongas estupendo!

RUBÉN

¿El señor es Don Latino de Hispalis?

DON LATINO

¡Si nos conocemos de antiguo, Maestro! ¡Han pasado muchos años! Hemos hecho juntos periodismo en *La Lira Hispano-Americana.*

RUBÉN

Tengo poca memoria, Don Latino.

DON LATINO

Yo era el redactor financiero. En París nos tuteábamos, Rubén.

RUBÉN

Lo había olvidado.

MAX

¡Si no has estado nunca en París!

DON LATINO

Querido Max, vuelvo a decirte que no te pongas estupendo. Siéntate e invítanos a cenar. ¡Rubén, hoy este gran poeta, nuestro amigo, se llama Estrella Resplandeciente!

RUBÉN

¡Admirable! ¡Max, es preciso huir de la bohemia!

DON LATINO

¡Está opulento! ¡Guarda dos pápiros de piel de contribuyente!

MAX

¡Esta tarde tuve que empeñar la capa y esta noche te convido a cenar! ¡A cenar con el rubio Champaña, Rubén!

RUBÉN

¡Admirable! Como Martín de Tours, partes conmigo la capa, transmudada en cena. ¡Admirable!

DON LATINO

¡Mozo, la carta! Me parece un poco exagerado pedir vinos franceses. ¡Hay que pensar en el mañana, caballeros!

MAX

¡No pensemos!

DON LATINO

Compartiría tu opinión, si con el café, la copa y el puro nos tomásemos un veneno.

MAX

¡Miserable burgués!

DON LATINO

Querido Max, hagamos un trato. Yo me bebo modestamente una chica de cerveza y tú me apoquinas en pasta lo que me había de costar la bebecua.

RUBÉN

No te apartes de los buenos ejemplos, Don Latino.

DON LATINO

Servidor no es un poeta. Yo me gano la vida con más trabajo que haciendo versos.

RUBÉN

Yo también estudio las matemáticas celestes.

DON LATINO

¡Perdón entonces! Pues sí, señor, aun cuando me veo reducido al extremo de vender entregas, soy un adepto de la Gnosis y la Magia.

RUBÉN

¡Yo lo mismo!

DON LATINO

Recuerdo que alguna cosa alcanzabas.

RUBÉN

Yo he sentido que los Elementales son Conciencias.

DON LATINO

¡Indudable! ¡Indudable! ¡Indudable! ¡Conciencias, Voluntades y Potestades!

RUBÉN

Mar y Tierra, Fuego y Viento, divinos monstruos. ¡Posiblemente! Divinos porque son Eternidades.

MAX

Eterna la Nada.

DON LATINO

Y el fruto de la Nada: Los cuatro Elementales, simbolizados en los cuatro Evangelistas. La Creación, que es pluralidad, solamente comienza en el Cuatrivio. Pero de la Trina Unidad, se desprende el Número. ¡Por eso el Número es Sagrado!

MAX

¡Calla, Pitágoras! Todo eso lo has aprendido en tus intimidades con la vieja Blavatsky.

DON LATINO

¡Max, esas bromas no son tolerables! ¡Eres un espíritu profundamente irreligioso y volteriano! Madame Blavatsky ha sido una mujer extraordinaria y no debes profanar con burlas el culto de su memoria. Pudieras verte castigado por alguna camarrupa de su karma. ¡Y no sería el primer caso!

RUBÉN

¡Se obran prodigios! Afortunadamente no los vemos ni los entendemos. Sin esta ignorancia, la vida sería un enorme sobrecogimiento.

MAX

¿Tú eres creyente, Rubén?

RUBÉN

¡Yo creo!

MAX

¿En Dios?

RUBÉN

¡Y en el Cristo!

MAX

¿Y en las llamas del Infierno?

RUBÉN

¡Y más todavía en las músicas del Cielo!

MAX

¡Eres un farsante, Rubén!

RUBÉN

¡Seré un ingenuo!

MAX

¿No estás posando?

RUBÉN

¡No!

MAX

Para mí, no hay nada tras la última mueca. Si hay algo, vendré a decírtelo.

RUBÉN

¡Calla, Max, no quebrantemos los humanos sellos!

MAX

Rubén, acuérdate de esta cena. Y ahora mezclemos el vino con las rosas de tus versos. Te escuchamos.

RUBÉN *se recoge estremecido, el gesto de ídolo, evocador de terrores y misterios.* MAX ESTRELLA, *un poco enfático, le alarga la mano. Llena los vasos* DON LATINO. RUBÉN *sale de su meditación con la tristeza vasta y enorme esculpida en los ídolos aztecas.*

RUBÉN

Veré si recuerdo una peregrinación a Compostela... Son mis últimos versos.

MAX

¿Se han publicado? Si se han publicado, me los habrán leído, pero en tu boca serán nuevos.

RUBÉN

Posiblemente no me acordaré.

Un joven que escribe en la mesa vecina, y al parecer traduce, pues tiene ante los ojos un libro abierto y cuartillas en rimero, se inclina tímidamente hacia RUBÉN DARÍO.

EL JOVEN

Maestro, donde usted no recuerde, yo podría apuntarle.

RUBÉN

¡Admirable!

MAX

¿Dónde se han publicado?

EL JOVEN

Yo los he leído manuscritos. Iban a ser publicados en una revista que murió antes de nacer.

MAX

¿Sería una revista de Paco Villaespesa?

EL JOVEN

Yo he sido su secretario.

DON LATINO

Un gran puesto.

MAX

Tú no tienes nada que envidiar, Latino.

EL JOVEN

¿Se acuerda usted, Maestro?

RUBÉN *asiente con un gesto sacerdotal y, tras de humedecer los labios en la copa, recita lento y cadencioso, como en sopor, y destaca su esfuerzo por distinguir de eses y cedas.*

RUBÉN

¡¡¡La ruta tocaba a su fin.
Y en el rincón de un quicio oscuro,
Nos repartimos un pan duro
Con el Marqués de Bradomín!!!

EL JOVEN

Es el final, Maestro.

RUBÉN

Es la ocasión para beber por nuestro estelar amigo.

MAX

¡Ha desaparecido del mundo!

RUBÉN

Se prepara a la muerte en su aldea y su carta de despedida fue la ocasión de estos versos. ¡Bebamos a la salud de un exquisito pecador!

MAX

¡Bebamos!

Levanta su copa y, gustando el aroma del ajenjo, suspira y evoca el cielo lejano de París. Piano y violín atacan un aire de opereta, y la parroquia del Café lleva el compás con las cucharillas en los vasos. Después de beber, los tres desterrados confunden sus voces hablando en francés. Recuerdan y proyectan las luces de la fiesta divina y mortal. ¡París! ¡Cabaretes! ¡Ilusión! Y en el ritmo de las frases, desfila con su pata coja Papá Verlaine.

ESCENA DÉCIMA

Paseo con jardines. El cielo raso y remoto. La luna lunera. Patrullas de caballería. Silencioso y luminoso, rueda un auto. En la sombra clandestina de los ramajes, merodean mozuelas pingonas y viejas pintadas como caretas. Repartidos por las sillas del paseo, yacen algunos bultos durmientes. MAX ESTRELLA *y* DON LATINO *caminan bajo las sombras del paseo. El perfume primaveral de las lilas embalsama la humedad de la noche.*

UNA VIEJA PINTADA

¡Morenos! ¡Chis!... ¡Morenos! ¿Queréis venir un ratito?

DON LATINO

Cuando te pongas los dientes.

LA VIEJA PINTADA

¡No me dejáis siquiera un pitillo!

DON LATINO

Te daré *La Corres* para que te ilustres, publica una carta de Maura.

LA VIEJA PINTADA

Que le den morcilla.

DON LATINO

Se la prohíbe el rito judaico.

LA VIEJA PINTADA

¡Mira el camelista! Esperaros, que llamo a una amiguita. ¡Lunares! ¡Lunares!

Surge LA LUNARES, *una mozuela pingona, medias blancas, delantal, toquilla y alpargatas. Con risa desvergonzada se detiene en la sombra del jardinillo.*

LA LUNARES

¡Ay, qué pollos más elegantes! Vosotros me sacáis esta noche de la calle.

LA VIEJA PINTADA

Nos ponen piso.

LA LUNARES

Dejadme una perra y me completáis una peseta para la cama.

LA VIEJA PINTADA

¡Roñas, siquiera un pitillo!

MAX

Toma un habano.

LA VIEJA PINTADA

¡Guasíbilis!

LA LUNARES

Apáñalo, panoli.

LA VIEJA PINTADA

¡Sí que lo apaño! ¡Y es de sortija!

LA LUNARES

Ya me permitirás alguna chupada.

LA VIEJA PINTADA

Éste me lo guardo.

LA LUNARES

Para el Rey de Portugal.

LA VIEJA PINTADA

¡Infeliz! ¡Para el de la Higiene!

LA LUNARES

¿Y vosotros, astrónomos, no hacéis una calaverada?

Las dos prójimas han evolucionado sutiles y clandestinas, bajo las sombras del paseo: LA VIEJA PINTADA *está a la vera de* DON LATINO DE HISPALIS, LA LUNARES, *a la vera de* MALA ESTRELLA.

LA LUNARES

¡Mira qué limpios llevo los bajos!

MAX

Soy ciego.

LA LUNARES

¡Algo verás!

MAX

¡Nada!

LA LUNARES

Tócame. Estoy muy dura.

MAX

¡Un mármol!

La mozuela, con una risa procaz, toma la mano del poeta, y la hace tantear sobre sus hombros y la oprime sobre los senos. La vieja sórdida, bajo la máscara de albayalde, descubre las encías sin dientes y tienta capciosa a DON LATINO.

LA VIEJA PINTADA

Hermoso, vente conmigo, que ya tu compañero se entiende con la Lunares. No te receles. ¡Ven! Si se acerca algún guindilla, lo apartamos con el puro habanero.

Se lo lleva sonriendo, blanca y fantasmal. Cuchicheos. Se pierden entre los árboles del jardín. Parodia grotesca del Jardín de Armida. MALA ESTRELLA *y la otra prójima quedan aislados sobre la orilla del paseo.*

LA LUNARES

Pálpame el pecho. No tengas reparo... ¡Tú eres un poeta!

MAX

¿En qué lo has conocido?

LA LUNARES

En la peluca de Nazareno. ¿Me engaño?

MAX

No te engañas.

LA LUNARES

Si cuadrase que yo te pusiese al tanto de mi vida, sacabas una historia de las primeras. Responde: ¿Cómo me encuentras?

MAX

¡Una ninfa!

LA LUNARES

¡Tienes el hablar muy *dilustrado!* Tu acompañante ya se concertó con la Cotillona. Ven. Entrégame la mano. Vamos a situarnos en un lugar más oscuro. Verás cómo te cachondeo.

MAX

Llévame a un banco para esperar a ese cerdo hispalense.

LA LUNARES

No chanelo.

MAX

Hispalis es Sevilla.

LA LUNARES

Lo será en cañí. Yo soy chamberilera.

MAX

¿Cuántos años tienes?

LA LUNARES

Pues no sé los que tengo.

MAX

¿Y es siempre aquí tu parada nocturna?

LA LUNARES

Las más de las veces.

MAX

¡Te ganas honradamente la vida!

LA LUNARES

Tú no sabes con cuántos trabajos. Yo miro mucho lo que hago. La Cotillona me habló para llevarme a una casa. ¡Una casa de mucho postín! No quise ir... Acostarme no me acuesto... Yo guardo el pan de higos para el gachó que me sepa camelar. ¿Por qué no lo pretendes?

MAX

Me falta tiempo.

LA LUNARES

Inténtalo para ver lo que sacas. Te advierto que me estás gustando.

MAX

Te advierto que soy un poeta sin dinero.

LA LUNARES

¿Serías tú, por un casual, el que sacó las coplas de Joselito?

MAX

¡Ése soy!

LA LUNARES

¿De verdad?

MAX

De verdad.

LA LUNARES

Dilas.

MAX

No las recuerdo.

LA LUNARES

Porque no las sacaste de tu sombrerera. ¡Sin mentira, cuáles son las tuyas?

MAX

Las del Espartero.

LA LUNARES

¿Y las recuerdas?

MAX

Y las canto como un flamenco.

LA LUNARES

¡Que no eres capaz!

MAX

¡Tuviera yo una guitarra!

LA LUNARES

¿La entiendes?

MAX

Para algo soy ciego.

LA LUNARES

¡Me estás gustando!

MAX

No tengo dinero.

LA LUNARES

Con pagar la cama concluyes. Si quedas contento y quieres convidarme a un café con churros, tampoco me niego.

MÁXIMO ESTRELLA, *con tacto de ciego, le pasa la mano por el óvalo del rostro, la garganta y los hombros. La pindonga ríe con dejo sensual de cosquillas. Quítase del moño un peinecillo gitano y, con él peinando los tufos, redobla la risa y se desmadeja.*

LA LUNARES

¿Quieres saber cómo soy? ¡Soy muy negra y muy fea!

MAX

¡No lo pareces! Debes tener quince años.

LA LUNARES

Esos mismos tendré. Ya pasa de tres que me visita el nuncio. No lo pienses más y vamos. Aquí cerca hay una casa muy decente.

MAX

¿Y cumplirás tu palabra?

LA LUNARES

¿Cuála? ¿Dejar que te comas el pan de higos? ¡No me pareces bastante flamenco! ¡Qué mano tienes! No me palpes más la cara. Pálpame el cuerpo.

MAX

¿Eres pelinegra?

LA LUNARES

¡Lo soy!

MAX

Hueles a nardos.

LA LUNARES

Porque los he vendido.

MAX

¿Cómo tienes los ojos?

LA LUNARES

¿No lo adivinas?

MAX

¿Verdes?

LA LUNARES

Como la Pastora Imperio. Toda yo parezco una gitana.

De la oscuridad surge la brasa de un cigarro y la tos asmática de DON LATINO. *Remotamente, sobre el asfalto sonoro, se acompasa el trote de una patrulla de caballería. Los focos de un auto. El farol de un sereno. El quicio de una verja. Una sombra clandestina. El rostro de albayalde de otra vieja peripatética. Diferentes sombras.*

ESCENA UNDÉCIMA

Una calle del Madrid austriaco. Las tapias de un convento. Un casón de nobles. Las luces de una taberna. Un grupo consternado de vecinas, en la acera. Una mujer, despechugada y ronca, tiene en los brazos a su niño muerto, la sien traspasada por el agujero de una bala. MAX ESTRELLA *y* DON LATINO *hacen un alto.*

MAX

También aquí se pisan cristales rotos.

DON LATINO

¡La zurra ha sido buena!

MAX

¡Canallas!... ¡Todos!... ¡Y los primeros nosotros, los poetas!...

DON LATINO

¡Se vive de milagro!

LA MADRE DEL NIÑO

¡Maricas, cobardes! ¡El fuego del Infierno os abrase las negras entrañas! ¡Maricas, cobardes!

MAX

¿Qué sucede, Latino? ¿Quién llora? ¿Quién grita con tal rabia?

DON LATINO

Una verdulera, que tiene a su chico muerto en los brazos.

MAX

¡Me ha estremecido esa voz trágica!

LA MADRE DEL NIÑO

¡Sicarios! ¡Asesinos de criaturas!

EL EMPEÑISTA

Está con algún trastorno y no mide palabras.

EL GUARDIA

La autoridad también se hace el cargo.

EL TABERNERO

Son desgracias inevitables para el restablecimiento del orden.

EL EMPEÑISTA

Las turbas anárquicas me han destrozado el escaparate.

LA PORTERA

¿Cómo no anduvo usted más vivo en echar los cierres?

EL EMPEÑISTA

Me tomó el tumulto fuera de casa. Supongo que se acordará el pago de daños a la propiedad privada.

EL TABERNERO

El pueblo que roba en los establecimientos públicos, donde se le abastece, es un pueblo sin ideales patrios.

LA MADRE DEL NIÑO

¡Verdugos del hijo de mis entrañas!

UN ALBAÑIL

El pueblo tiene hambre.

EL EMPEÑISTA

Y mucha soberbia.

LA MADRE DEL NIÑO

¡Maricas, cobardes!

UNA VIEJA

¡Ten prudencia, Romualda!

LA MADRE DEL NIÑO

¡Que me maten como a este rosal de Mayo!

LA TRAPERA

¡Un inocente sin culpa! ¡Hay que considerarlo!

EL TABERNERO

Siempre saldréis diciendo que no hubo los toques de Ordenanza.

EL RETIRADO

Yo los he oído.

LA MADRE DEL NIÑO

¡Mentira!

EL RETIRADO

Mi palabra es sagrada.

EL EMPEÑISTA

El dolor te enloquece, Romualda.

LA MADRE DEL NIÑO

¡Asesinos! ¡Veros es ver al verdugo!

EL RETIRADO

El Principio de Autoridad es inexorable.

EL ALBAÑIL

Con los pobres. Se ha matado, por defender al comercio, que nos chupa la sangre.

EL TABERNERO

Y que paga sus contribuciones, no hay que olvidarlo.

EL EMPEÑISTA

El comercio honrado no chupa la sangre de nadie.

LA PORTERA

¡Nos quejamos de vicio!

EL ALBAÑIL

La vida del proletario no representa nada para el Gobierno.

MAX

Latino, sácame de este círculo infernal.

Llega un tableteo de fusilada. El grupo se mueve en confusa y medrosa alerta. Descuella el grito ronco de la mujer, que al ruido de las descargas, aprieta a su niño muerto en los brazos.

LA MADRE DEL NIÑO

¡Negros fusiles, matadme también con vuestros plomos!

MAX

Esa voz me traspasa.

LA MADRE DEL NIÑO

¡Que tan fría, boca de nardo!

MAX

¡Jamás oí voz con esa cólera trágica!

DON LATINO

Hay mucho de teatro.

MAX

¡Imbécil!

El farol, el chuzo, la caperuza del SERENO, *bajan con un trote de madreñas por la acera.*

EL EMPEÑISTA

¿Qué ha sido, sereno?

EL SERENO

Un preso que ha intentado fugarse.

MAX

Latino, ya no puedo gritar... ¡Me muero de rabia!... Estoy mascando ortigas. Ese muerto sabía su fin... No le asustaba, pero temía el tormento... La Leyenda Negra en estos días menguados es la Historia de España. Nuestra vida es un círculo dantesco. Rabia y vergüenza. Me muero de hambre, satisfecho de no haber llevado una triste velilla en la trágica mojiganga. ¿Has oído los comentarios de esa gente, viejo canalla? Tú eres como ellos. Peor que ellos, porque no tienes una peseta y propagas la mala literatura por entregas. Latino, vil corredor de aventuras insulsas, llévame al Viaducto. Te invito a regenerarte con un vuelo.

DON LATINO

¡Max, no te pongas estupendo!

ESCENA DUODÉCIMA

Rinconada en costanilla y una iglesia barroca por fondo. Sobre las campanas negras, la luna clara. DON LATINO *y* MAX ESTRELLA *filosofan sentados en el quicio de una puerta. A lo largo de su coloquio, se torna lívido el cielo. En el alero de la iglesia pían algunos pájaros. Remotos albores de amanecida. Ya se han ido los serenos, pero aún están las puertas cerradas. Despiertan las porteras.*

MAX

¿Debe estar amaneciendo?

DON LATINO

Así es.

MAX

¡Y qué frío!

DON LATINO

Vamos a dar unos pasos.

MAX

Ayúdame, que no puedo levantarme. ¡Estoy aterido!

DON LATINO

¡Mira que haber empeñado la capa!

MAX

Préstame tu carrik, Latino.

DON LATINO

¡Max, eres fantástico!

MAX

Ayúdame a ponerme en pie.

DON LATINO

¡Arriba, carcunda!

MAX

¡No me tengo!

DON LATINO

¡Qué tuno eres!

MAX

¡Idiota!

DON LATINO

¡La verdad es que tienes una fisonomía algo rara!

MAX

¡Don Latino de Hispalis, grotesco personaje, te inmortalizaré en una novela!

DON LATINO

Una tragedia, Max.

MAX

La tragedia nuestra no es tragedia.

DON LATINO

¡Pues algo será!

MAX

El Esperpento.

DON LATINO

No tuerzas la boca, Max.

MAX

¡Me estoy helando!

DON LATINO

Levántate. Vamos a caminar.

MAX

No puedo.

DON LATINO

Deja esa farsa. Vamos a caminar.

MAX

Échame el aliento. ¿Adónde te has ido, Latino?

DON LATINO

Estoy a tu lado.

MAX

Como te has convertido en buey, no podía reconocerte. Échame el aliento, ilustre buey del pesebre belenita. ¡Muge, Latino! Tú eres el cabestro, y si muges vendrá el Buey Apis. Le torearemos.

DON LATINO

Me estás asustando. Debías dejar esa broma.

MAX

Los ultraístas son unos farsantes. El esperpentismo lo ha inventado Goya. Los héroes clásicos han ido a pasearse en el callejón del Gato.

DON LATINO

¡Estás completamente curda!

MAX

Los héroes clásicos reflejados en los espejos cóncavos dan el Esperpento. El sentido trágico de la vida española sólo puede darse con una estética sistemáticamente deformada.

DON LATINO

¡Miau! ¡Te estás contagiando!

MAX

España es una deformación grotesca de la civilización europea.

DON LATINO

¡Pudiera! Yo me inhibo.

MAX

Las imágenes más bellas en un espejo cóncavo son absurdas.

DON LATINO

Conforme. Pero a mí me divierte mirarme en los espejos de la calle del Gato.

MAX

Y a mí. La deformación deja de serlo cuando está sujeta a una matemática perfecta. Mi estética actual es transformar con matemática de espejo cóncavo las normas clásicas.

DON LATINO

¿Y dónde está el espejo?

MAX

En el fondo del vaso.

DON LATINO

¡Eres genial! ¡Me quito el cráneo!

MAX

Latino, deformemos la expresión en el mismo espejo que nos deforma las caras y toda la vida miserable de España.

DON LATINO

Nos mudaremos al callejón del Gato.

MAX

Vamos a ver qué palacio está desalquilado. Arrímame a la pared. ¡Sacúdeme!

DON LATINO

No tuerzas la boca.

MAX

Es nervioso. ¡Ni me entero!

DON LATINO

¡Te traes una guasa!

MAX

Préstame tu carrik.

DON LATINO

¡Mira cómo me he quedado de un aire!

MAX

No me siento las manos y me duelen las uñas. ¡Estoy muy malo!

DON LATINO

Quieres conmoverme para luego tomarme la coleta.

MAX

Idiota, llévame a la puerta de mi casa y déjame morir en paz.

DON LATINO

La verdad sea dicha, no madrugan en nuestro barrio.

MAX

Llama.

DON LATINO DE HISPALIS, *volviéndose de espalda, comienza a cocear en la puerta. El eco de los golpes tolondrea por el ámbito lívido de la costanilla y, como en respuesta a una provocación, el reloj de la iglesia da cinco campanadas bajo el gallo de la veleta.*

MAX

¡Latino!

DON LATINO

¿Qué antojas? ¡Deja la mueca!

MAX

¡Si Collet estuviese despierta!... Ponme en pie para darle una voz.

DON LATINO

No llega tu voz a ese quinto cielo.

MAX

¡Collet! ¡Me estoy aburriendo!

DON LATINO

No olvides al compañero.

MAX

Latino, me parece que recobro la vista. ¿Pero cómo hemos venido a este entierro? ¡Esa apoteosis es de París! ¡Estamos en el entierro de Víctor Hugo! ¿Oye, Latino, pero cómo vamos nosotros presidiendo?

DON LATINO

No te alucines, Max.

MAX

Es incomprensible cómo veo.

DON LATINO

Ya sabes que has tenido esa misma ilusión otras veces.

MAX

¿A quién enterramos, Latino?

DON LATINO

Es un secreto que debemos ignorar.

MAX

¡Cómo brilla el sol en las carrozas!

DON LATINO

Max, si todo cuanto dices no fuese una broma, tendría una significación teosófica... En un entierro presidido por mí, yo debo ser el muerto... Pero por esas coronas, me inclino a pensar que el muerto eres tú.

MAX

Voy a complacerte. Para quitarte el miedo del augurio, me acuesto a la espera. ¡Yo soy el muerto! ¿Qué dirá mañana esa canalla de los periódicos, se preguntaba el paria catalán?

MÁXIMO ESTRELLA *se tiende en el umbral de su puerta. Cruza la costanilla un perro golfo que corre en zigzag. En el centro, encoge la pata y se orina: El ojo legañoso, como un poeta, levantado al azul de la última estrella.*

MAX

Latino, entona el gori-gori.

DON LATINO

Si continúas con esa broma macabra, te abandono.

MAX

Yo soy el que se va para siempre.

DON LATINO

Incorpórate, Max. Vamos a caminar.

MAX

Estoy muerto.

DON LATINO

¡Que me estás asustando! Max, vamos a caminar. Incorpórate. ¡No tuerzas la boca, condenado! ¡Max! ¡Max! ¡Condenado, responde!

MAX

Los muertos no hablan.

DON LATINO

Definitivamente, te dejo.

MAX

¡Buenas noches!

DON LATINO DE HISPALIS *se sopla los dedos arrecidos y camina unos pasos encorvándose bajo su carrik pingón, orlado de cascarrias. Con una tos gruñona retorna al lado de* MAX ESTRELLA: *Procura incorporarle hablándole a la oreja.*

DON LATINO

Max, estás completamente borracho y sería un crimen dejarte la cartera encima, para que te la roben. Max, me llevo tu cartera y te la devolveré mañana.

Finalmente se eleva tras de la puerta la voz achulada de una vecina. Resuenan pasos dentro del zaguán. DON LATINO *se cuela por un callejón.*

LA VOZ DE LA VECINA

¡Señá Flora! ¡Señá Flora! Se le han *apegado* a usted la mantas de la cama.

LA VOZ DE LA PORTERA

¿Quién es? Esperarse que encuentre la caja de mixtos.

LA VECINA

¡Señá Flora!

LA PORTERA

Ahora salgo. ¿Quién es?

LA VECINA

¡Está usted marmota! ¿Quién será? ¡La Cuca que se camina al lavadero!

LA PORTERA

¡Ay, qué centella de mixtos! ¿Son horas?

LA VECINA

¡Son horas y pasan de serlo!

Se oye el paso cansino de una mujer en chanclas. Sigue el murmullo de las voces. Rechina la cerradura, y aparecen en el hueco de la puerta dos mujeres: La una canosa, viva y agalgada, con un saco de ropa cargado sobre la cadera: La otra jamona, refajo colorado, pañuelo pingón sobre los hombros, greñas y chancletas. El cuerpo del bohemio resbala y queda acostado sobre el umbral, al abrirse la puerta.

LA VECINA

¡Santísimo Cristo, un hombre muerto!

LA PORTERA

Es Don Max el poeta, que la ha pescado.

LA VECINA

¡Está del color de la cera!

LA PORTERA

Cuca, por tu alma, quédate a la mira un instante, mientras subo el aviso a Madama Collet.

LA PORTERA *sube la escalera chancleando: Se la oye renegar.* LA CUCA, *viéndose sola, con aire medroso, toca las manos del bohemio y luego se inclina a mirarle los ojos entreabiertos bajo la frente lívida.*

LA VECINA

¡Santísimo Señor! ¡Esto no lo dimana la bebida! ¡La muerte talmente representa! ¡Señá Flora! ¡Señá Flora! ¡Que no puedo demorarme! ¡Ya se me voló un cuarto de día! ¡Que se queda esto a la vindicta pública, señá Flora! ¡Propia la muerte!

ESCENA DECIMATERCIA

Velorio en un sotabanco. MADAMA COLLET *y* CLAUDINITA, *desgreñadas y macilentas, lloran al muerto, ya tendido en la angostura de la caja, amortajado con una sábana, entre cuatro velas. Astillando una tabla, el brillo de un clavo aguza su punta sobre la sien inerme. La caja, embetunada de luto por fuera, y por dentro de tablas de pino sin labrar ni pintar, tiene una sórdida esterilla que amarillea. Está posada sobre las baldosas, de esquina a esquina, y las dos mujeres, que lloran en los ángulos, tienen en las manos cruzadas el reflejo de las velas.* DORIO DE GADEX, CLARINITO *y* PÉREZ, *arrimados a la pared, son tres fúnebres fantoches en hilera. Repentinamente, entrometiéndose en el duelo, cloquea un rajado repique, la campanilla de la escalera.*

DORIO DE GADEX

A las cuatro viene la Funeraria.

CLARINITO

No puede ser esa hora.

DORIO DE GADEX

¿Usted no tendrá reloj, Madama Collet?

MADAMA COLLET

¡Que no me lo lleven todavía! ¡Que no me lo lleven!

PÉREZ

No puede ser la Funeraria.

DORIO DE GADEX

¡Ninguno tiene reloj! ¡No hay duda que somos unos potentados!

CLAUDINITA, *con andar cansado, trompicando, ha salido para abrir la puerta. Se oye rumor de voces y la tos de* DON LATINO DE HISPALIS. *La tos clásica del tabaco y del aguardiente.*

DON LATINO

¡Ha muerto el Genio! ¡No llores, hija mía! ¡Ha muerto y no ha muerto!... ¡El Genio es inmortal!... ¡Consuélate, Claudinita, porque eres la hija del primer poeta español! ¡Que te sirva de consuelo saber que eres la hija de Víctor Hugo! ¡Una huérfana ilustre! ¡Déjame que te abrace!

CLAUDINITA

¡Usted está borracho!

DON LATINO

Lo parezco. Sin duda lo parezco. ¡Es el dolor!

CLAUDINITA

¡Si tumba el vaho de aguardiente!

DON LATINO

¡Es el dolor! ¡Un efecto del dolor, estudiado científicamente por los alemanes!

DON LATINO *tambaléase en la puerta, con el cartapacio de las revistas en bandolera y el perrillo sin rabo y sin orejas, entre las cañotas. Trae los espejuelos alzados sobre la frente y se limpia los ojos chispones con un pañuelo mugriento.*

CLAUDINITA

Viene a dos velas.

DORIO DE GADEX

Para el funeral. ¡Siempre correcto!

DON LATINO

Max, hermano mío, si menor en años...

DORIO DE GADEX

Mayor en prez. Nos adivinamos.

DON LATINO

¡Justamente! Tú lo has dicho, bellaco.

DORIO DE GADEX

Antes lo había dicho el Maestro.

DON LATINO

¡Madama Collet, es usted una viuda ilustre, y en medio de su intenso dolor debe usted sentirse orgullosa de haber sido la compañera del primer poeta español! ¡Murió pobre, como debe morir el Genio! ¡Max, ya no tienes una palabra para tu perro fiel! Max, hermano mío, si menor en años, mayor en...

DORIO DE GADEX

Prez.

DON LATINO

Ya podías haberme dejado terminar, majadero. ¡Jóvenes modernistas, ha muerto el Maestro, y os llamáis todos de tú en el Parnaso Hispano-Americano! ¡Yo tenía apostado con este cadáver frío sobre cuál de los dos emprendería primero el viaje, y me ha vencido en esto como en todo! ¡Cuántas veces cruzamos la misma apuesta! ¿Te acuerdas, hermano? ¡Te has muerto de hambre, como yo voy a morir, como moriremos todos los españoles dignos! ¡Te habían cerrado todas las puertas, y te has vengado muriéndote de hambre! ¡Bien hecho! ¡Que caiga esa vergüenza sobre los cabrones de la Academia! ¡En España es un delito el talento!

DON LATINO *se dobla y besa la frente del muerto. El perrillo, a los pies de la caja, entre el reflejo inquietante de las velas, agita el muñón del rabo.* MADAMA COLLET *levanta la cabeza con un gesto doloroso dirigido a los tres fantoches en hilera.*

MADAMA COLLET

¡Por Dios, llévenselo ustedes al pasillo!

DORIO DE GADEX

Habrá que darle amoniaco. ¡La trae de alivio!

CLAUDINITA

¡Pues que la duerma! ¡Le tengo una hincha!

DON LATINO

¡Claudinita! ¡Flor temprana!

CLAUDINITA

¡Si papá no sale ayer tarde, está vivo!

DON LATINO

¡Claudinita, me acusas injustamente! ¡Estás ofuscada por el dolor!

CLAUDINITA

¡Golfo! ¡Siempre estorbando!

DON LATINO

¡Yo sé que tú me quieres!

DORIO DE GADEX

Vamos a darnos unas vueltas en el corredor, Don Latino.

DON LATINO

¡Vamos! ¡Esta escena es demasiado dolorosa!

DORIO DE GADEX

Pues no la prolonguemos.

DORIO DE GADEX *empuja al encurdado vejete y le va llevando hacia la puerta. El perrillo salta por encima de la caja y los sigue, dejando en el salto torcida una vela. En la fila de fantoches pegados a la pared queda un hueco lleno de sugestiones.*

DON LATINO

Te convido a unas *tintas.* ¿Qué dices?

DORIO DE GADEX

Ya sabe usted que soy un hombre complaciente, Don Latino.

Desaparecen en la rojiza penumbra del corredor, largo y triste, con el gato al pie del botijo y el reflejo almagreño de los baldosines. CLAUDINITA *los ve salir encendidos de ira los ojos. Después se hinca a llorar con una crisis nerviosa y muerde el pañuelo que estruja entre las manos.*

CLAUDINITA

¡Me crispa! ¡No puedo verlo! ¡Ese hombre es el asesino de papá!

MADAMA COLLET

¡Por Dios, hija, no digas demencias!

CLAUDINITA

El único asesino. ¡Le aborrezco!

MADAMA COLLET

Era fatal que llegase este momento, y sabes que lo esperábamos... Le mató la tristeza de verse ciego... No podía trabajar y descansa.

CLARINITO

Verá usted cómo ahora todos reconocen su talento.

PÉREZ

Ya no proyecta sombra.

MADAMA COLLET

Sin el aplauso de ustedes, los jóvenes que luchan pasando mil miserias, hubiera estado solo estos últimos tiempos.

CLAUDINITA

¡Más solo que estaba!

PÉREZ

El Maestro era un rebelde como nosotros.

MADAMA COLLET

¡Max, pobre amigo, tú solo te mataste! ¡Tú, solamente, sin acordar de estas pobres mujeres! ¡Y toda la vida has trabajado para matarte!

CLAUDINITA

¡Papá era muy bueno!

MADAMA COLLET

¡Sólo fue malo para sí!

Aparece en la puerta un hombre alto, abotonado, escueto, grandes barbas rojas de judío anarquista y ojos envidiosos, bajo el testuz de bisonte obstinado. Es un fripón periodista alemán, fichado en los registros policiacos como anarquista ruso y conocido por el falso nombre de BASILIO SOULINAKE.

BASILIO SOULINAKE

¡Paz a todos!

MADAMA COLLET

¡Perdone usted, Basilio! ¡No tenemos siquiera una silla que ofrecerle!

BASILIO SOULINAKE

¡Oh! No se preocupe usted de mi persona. De ninguna manera. No lo consiento, Madama Collet. Y me dispense usted a mí si llego con algún retraso, como la guardia valona, que dicen ustedes siempre los españoles. En la taberna donde comemos algunos emigrados eslavos, acabo de tener la referencia de que había muerto mi amigo Máximo Estrella. Me ha dado el periódico el chico de Pica Lagartos. ¿La muerte vino de improviso?

MADAMA COLLET

¡Un colapso! No se cuidaba.

BASILIO SOULINAKE

¿Quién certificó la defunción? En España son muy buenos los médicos, y como los mejores de otros países. Sin embargo, una autoridad completamente mundial les falta a los españoles. No es como sucede en Alemania. Yo tengo estudiado durante diez años medicina, y no soy doctor. Mi primera impresión al entrar aquí ha sido la de hallarme en presencia de un hombre dormido, nunca de un muerto. Y en esa primera impresión me empecino, como dicen los españoles. Madama Collet, tiene usted una gran responsabilidad. ¡Mi amigo Max Estrella no está muerto! Presenta todos los caracteres de un interesante caso de catalepsia.

MADAMA COLLET y CLAUDINITA *se abrazan con un gran grito, repentinamente aguzados los ojos, manos crispadas, revolantes sobre la frente las sortijillas del pelo.* SEÑÁ FLORA, *la portera, llega acezando: La pregonan el resuello y sus chancletas.*

LA PORTERA

¡Ahí está la carroza! ¿Son ustedes suficientes para bajar el cuerpo del finado difunto? Si no lo son, subirá mi esposo.

CLARINITO

Gracias, nosotros nos bastamos.

BASILIO SOULINAKE

Señora portera, usted debe comunicarle al conductor del coche fúnebre, que se aplaza el sepelio. Y que se vaya con viento fresco. ¿No es así como dicen ustedes los españoles?

MADAMA COLLET

¡Que espere!... Puede usted equivocarse, Basilio.

LA PORTERA

¡Hay bombines y javiques en la calle, y si no me engaño, un coche de galones! ¡Cuidado lo que es el mundo, parece el entierro de un concejal! ¡No me pensaba yo que tanto representaba el finado! ¿Madama Collet, qué razón le doy al gachó de la carroza? ¡Porque ese tío no se espera! Dice que tiene otro viaje en la calle de Carlos Rubio.

MADAMA COLLET

¡Válgame Dios! ¡Yo estoy incierta!

LA PORTERA

¡Cuatro Caminos! ¡Hay que ver, más de una legua y no le queda tarde!

CLAUDINITA

¡Que se vaya! ¡Que no vuelva!

MADAMA COLLET

Si no puede esperar... Sin duda...

LA PORTERA

Le cuesta a usted el doble, total por tener el fiambre unas horas más en casa. ¡Deje usted que se lo lleven, Madama Collet!

MADAMA COLLET

¡Y si no estuviese muerto!

LA PORTERA

¡Que no está muerto! Ustedes sin salir de este aire no perciben la corrupción que tiene.

BASILIO SOULINAKE

¿Podría usted decirme, señora portera, si tiene usted hecho estudios universitarios acerca de medicina? Si usted los tiene, yo me callo y no hablo más. Pero si usted no los tiene, me permitirá de no darle beligerancia, cuando yo soy a decir que no está muerto, sino cataléptico.

LA PORTERA

¿Que no está muerto? ¡Muerto y corrupto!

BASILIO SOULINAKE

Usted, sin estudios universitarios, no puede tener conmigo controversia. La democracia no excluye las categorías técnicas, ya usted lo sabe, señora portera.

LA PORTERA

¡Un rato largo! ¿Con que no está muerto? ¡Habría usted de estar como él! Madama Collet, ¿tiene usted un espejo? Se lo aplicamos a la boca y verán ustedes cómo no lo alienta.

BASILIO SOULINAKE

¡Ésa es una comprobación anticientífica! Como dicen siempre ustedes todos los españoles: Un me alegro mucho de verte bueno. ¿No es así como dicen?

LA PORTERA

Usted ha venido aquí a dar un mitin y a soliviantar con alicantinas a estas pobres mujeres, que harto tienen con sus penas y sus deudas.

BASILIO SOULINAKE

Puede usted seguir hablando, señora portera. Ya ve usted que yo no la interrumpo.

Aparece en el marco de la puerta el cochero de la carroza fúnebre: Narices de borracho, chisterón viejo con escarapela, casaca de un luto raído, peluca de estopa y canillejas negras.

EL COCHERO

¡Que son las cuatro y tengo otro parroquiano en la calle de Carlos Rubio!

BASILIO SOULINAKE

Madama Collet, yo me hago responsable, porque he visto y estudiado casos de catalepsia en los hospitales de Alemania. ¡Su esposo de usted, mi amigo y compañero Max Estrella, no está muerto!

LA PORTERA

¿Quiere usted no armar escándalo, caballero? Madama Collet, ¿dónde tiene usted un espejo?

BASILIO SOULINAKE

¡Es una prueba anticientífica!

EL COCHERO

Póngale usted un mixto encendido en el dedo pulgar de la mano. Si se consume hasta el final, está tan fiambre como mi abuelo. ¡Y perdonen ustedes si he faltado!

EL COCHERO *fúnebre arrima la fusta a la pared y rasca una cerilla. Acucándose ante el ataúd, desenlaza las manos del muerto y una vuelve por la palma amarillenta. En la yema del pulgar le pone la cerilla luciente, que sigue ardiendo y agonizando.* CLAUDINITA, *con un grito estridente, tuerce los ojos y comienza a batir la cabeza contra el suelo.*

CLAUDINITA

¡Mi padre! ¡Mi padre! ¡Mi padre querido!

ESCENA DECIMACUARTA

Un patio en el cementerio del Este. La tarde fría. El viento adusto. La luz de la tarde sobre los muros de lápidas tiene una aridez agresiva. DOS SEPULTUREROS *apisonan la tierra de una fosa. Un momento suspenden la tarea: Sacan lumbre del yesquero y las colillas de tras la oreja. Fuman sentados al pie del hoyo.*

UN SEPULTURERO

Ese sujeto era un hombre de pluma.

OTRO SEPULTURERO

¡Pobre entierro ha tenido!

UN SEPULTURERO

Los papeles lo ponen por hombre de mérito.

OTRO SEPULTURERO

En España el mérito no se premia. Se premia el robar y el ser sinvergüenza. En España se premia todo lo malo.

UN SEPULTURERO

¡No hay que poner las cosas tan negras!

OTRO SEPULTURERO

¡Ahí tienes al Pollo del Arete!

UN SEPULTURERO

¿Y ése qué ha sacado?

OTRO SEPULTURERO

Pasarlo como un rey siendo un malasangre. Míralo, disfrutando a la viuda de un concejal.

UN SEPULTURERO

Di un ladrón del Ayuntamiento.

OTRO SEPULTURERO

Ponlo por dicho. ¿Te parece que una mujer de posición se chifle así por un tal sujeto?

UN SEPULTURERO

Cegueras. Es propio del sexo.

OTRO SEPULTURERO

¡Ahí tienes el mérito que triunfa! ¡Y para todo la misma ley!

UN SEPULTURERO

¿Tú conoces a la sujeta? ¿Es buena mujer?

OTRO SEPULTURERO

Una mujer en carnes. ¡Al andar, unas nalgas que le tiemblan! ¡Buena!

UN SEPULTURERO

¡Releche con la suerte de ese gatera!

Por una calle de lápidas y cruces, vienen paseando y dialogando dos sombras rezagadas, dos amigos en el cortejo fúnebre de MÁXIMO ESTRELLA. *Hablan en voz baja y caminan lentos, parecen almas imbuidas del respeto religioso de la muerte. El uno, viejo caballero con la barba toda de nieve y capa española sobre los hombros, es el céltico* MARQUÉS DE BRADOMÍN. *El otro es el índico y profundo* RUBÉN DARÍO.

RUBÉN

¡Es pavorosamente significativo, que al cabo de tantos años nos hayamos encontrado en un cementerio!

EL MARQUÉS

En el Campo Santo. Bajo ese nombre adquiere una significación distinta nuestro encuentro, querido Rubén.

RUBÉN

Es verdad. Ni cementerio, ni necrópolis. Son nombres de una frialdad triste y horrible, como estudiar Gramática. ¿Marqués, qué emoción tiene para usted necrópolis?

EL MARQUÉS

La de una pedantería académica.

RUBÉN

Necrópolis para mí es como el fin de todo, dice lo irreparable y lo horrible, el perecer sin esperanza en el cuarto de un Hotel. ¿Y Campo Santo? Campo Santo tiene una lámpara.

EL MARQUÉS

Tiene una cúpula dorada. ¡Bajo ella resuena religiosamente el terrible clarín extraordinario, querido Rubén!

RUBÉN

Marqués, la muerte muchas veces sería amable si no existiese el terror de lo incierto. ¡Yo hubiera sido feliz hace tres mil años en Atenas!

EL MARQUÉS

Yo no cambio mi bautismo de cristiano por la sonrisa de un cínico griego. Yo espero ser eterno por mis pecados.

RUBÉN

¡Admirable!

EL MARQUÉS

En Grecia quizá fuese la vida más serena que la vida nuestra...

RUBÉN

¡Solamente aquellos hombres han sabido divinizarla!

EL MARQUÉS

Nosotros divinizamos la muerte. No es más que un instante la vida, la única verdad es la muerte... Y de las muertes, yo prefiero la muerte cristiana.

RUBÉN

¡Admirable filosofía de hidalgo español! ¡Admirable! ¡Marqués, no hablemos más de Ella!

Callan y caminan en silencio. LOS SEPULTUREROS, *acabada de apisonar la tierra, uno tras otro beben a chorro de un mismo botijo. Sobre el muro de lápidas blancas, las dos figuras acentúan su contorno negro.* RUBÉN DARÍO *y* EL MARQUÉS DE BRADOMÍN *se detienen ante la mancha oscura de la tierra removida.*

RUBÉN

¿Marqués, cómo ha llegado usted a ser amigo de Máximo Estrella?

EL MARQUÉS

Max era hijo de un capitán carlista que murió a mi lado en la guerra. ¿Él contaba otra cosa?

RUBÉN

Contaba que ustedes se habían batido juntos en una revolución, allá en México.

EL MARQUÉS

¡Qué fantasía! Max nació treinta años después de mi viaje a México. ¿Sabe usted la edad que yo tengo? Me falta muy poco para llevar un siglo a cuestas. Pronto acabaré, querido poeta.

RUBÉN

¡Usted es eterno, Marqués!

EL MARQUÉS

¡Eso me temo, pero paciencia!

Las sombras negras de LOS SEPULTUREROS *—al hombro las azadas lucientes— se acercan por la calle de tumbas. Se acercan.*

EL MARQUÉS

¿Serán filósofos, como los de Ofelia?

RUBÉN

¿Ha conocido usted alguna Ofelia, Marqués?

EL MARQUÉS

En la edad del pavo todas las niñas son Ofelias. Era muy pava aquella criatura, querido Rubén. ¡Y el Príncipe, como todos los príncipes, un babieca!

RUBÉN

¿No ama usted al divino William?

EL MARQUÉS

En el tiempo de mis veleidades literarias, lo elegí por maestro. ¡Es admirable! Con un filósofo tímido y una niña boba en fuerza de inocencia ha realizado el prodigio de crear la más bella tragedia Querido Rubén, Hamlet y Ofelia, en nuestra dramática española, serían dos tipos regocijados. ¡Un tímido y una niña boba, lo que hubieran hecho los gloriosos hermanos Quintero!

RUBÉN

Todos tenemos algo de Hamletos.

EL MARQUÉS

Usted, que aún galantea. Yo, con mi carga de años, estoy más próximo a ser la calavera de Yorik.

UN SEPULTURERO

Caballeros, si ustedes buscan la salida, vengan con nosotros. Se va a cerrar.

EL MARQUÉS

¿Rubén, qué le parece a usted quedarnos dentro?

RUBÉN

¡Horrible!

EL MARQUÉS

Pues entonces sigamos a estos dos.

RUBÉN

¿Marqués, quiere usted que mañana volvamos para poner una cruz sobre la sepultura de nuestro amigo?

EL MARQUÉS

¡Mañana! Mañana habremos los dos olvidado ese cristiano propósito.

RUBÉN

¡Acaso!

En silencio y retardándose, siguen por el camino de LOS SEPULTUREROS *que, al revolver los ángulos de las calles de tumbas, se detienen a esperarlos.*

EL MARQUÉS

Los años no me permiten caminar más de prisa.

UN SEPULTURERO

No se excuse usted, caballero.

EL MARQUÉS

Pocos me faltan para el siglo.

OTRO SEPULTURERO

¡Ya habrá usted visto entierros!

EL MARQUÉS

Si no sois muy antiguos en el oficio, probablemente más que vosotros. ¿Y se muere mucha gente esta temporada?

UN SEPULTURERO

No falta faena. Niños y viejos.

OTRO SEPULTURERO

La caída de la hoja siempre trae lo suyo.

EL MARQUÉS

¿A vosotros os pagan por entierro?

UN SEPULTURERO

Nos pagan un jornal de tres pesetas, caiga lo que caiga. Hoy, a como está la vida, ni para mal comer. Alguna otra cosa se saca. Total, miseria.

OTRO SEPULTURERO

En todo va la suerte. Eso lo primero.

UN SEPULTURERO

Hay familias que al perder un miembro, por cuidarle de la sepultura, pagan uno o dos o medio. Hay quien ofrece y no paga. Las más de las familias pagan los primeros meses. Y lo que es el año, de ciento, una. ¡Dura poco la pena!

EL MARQUÉS

¿No habéis conocido ninguna viuda inconsolable?

UN SEPULTURERO

¡Ninguna! Pero pudiera haberla.

EL MARQUÉS

¿Ni siquiera habéis oído hablar de Artemisa y Mausoleo?

UN SEPULTURERO

Por mi parte, ni la menor cosa.

OTRO SEPULTURERO

Vienen a ser tantas las parentelas que concurren a estos lugares, que no es fácil conocerlas a todas.

Caminan muy despacio. RUBÉN, *meditabundo, escribe alguna palabra en el sobre de una carta. Llegan a la puerta, rechina la verja negra.* EL MARQUÉS, *benevolente, saca de la capa su mano de marfil y reparte entre los enterradores algún dinero.*

EL MARQUÉS

No sabéis mitología, pero sois dos filósofos estoicos. Que sigáis viendo muchos entierros.

UN SEPULTURERO

Lo que usted ordene. ¡Muy agradecido!

OTRO SEPULTURERO

Igualmente. Para servir a usted, caballero.

Quitándose las gorras, saludan y se alejan. EL MARQUÉS DE BRADOMÍN, *con una sonrisa, se arrebuja en la capa.* RUBÉN DARÍO *conserva siempre en la mano el sobre de la carta donde ha escrito escasos renglones. Y dejando el socaire de unas bardas, se acerca a la puerta del cementerio el coche del viejo* MARQUÉS.

EL MARQUÉS

¿Son versos, Rubén? ¿Quiere usted leérmelos?

RUBÉN

Cuando los haya depurado. Todavía son un monstruo.

EL MARQUÉS

Querido Rubén, los versos debieran publicarse con todo su proceso, desde lo que usted llama monstruo hasta la manera definitiva. Tendrían entonces un valor como las pruebas de aguafuerte. ¿Pero usted no quiere leérmelos?

RUBÉN

Mañana, Marqués.

EL MARQUÉS

Ante mis años, y a la puerta de un cementerio, no se debe pronunciar la palabra mañana. En fin, montemos en el coche, que aún hemos de visitar a un bandolero. Quiero que usted me ayude a venderle a un editor el manuscrito de mis Memorias. Necesito dinero. Estoy completamente arruinado, desde que tuve la mala idea de recogerme a mi Pazo de Bradomín. ¡No me han arruinado las mujeres, con haberlas amado tanto, y me arruina la agricultura!

RUBÉN

¡Admirable!

EL MARQUÉS

Mis Memorias se publicarán después de mi muerte. Voy a venderlas como si vendiese el esqueleto. Ayudémonos.

ESCENA ÚLTIMA

La Taberna de PICA LAGARTOS.—*Lobreguez con un temblor de acetileno.*—DON LATINO DE HISPALIS, *ante el mostrador, insiste y tartajea convidando al* POLLO DEL PAY-PAY. *Entre traspiés y traspiés, da la pelma.*

DON LATINO

¡Beba usted, amigo! ¡Usted no sabe la pena que rebosa mi corazón! ¡Beba usted! ¡Yo bebo sin dejar cortinas!

EL POLLO

Porque usted no es castizo.

DON LATINO

¡Hoy hemos enterrado al primer poeta de España! ¡Cuatro amigos en el cementerio! ¡Acabóse! ¡Ni una cabrona representación de la Docta Casa! ¿Qué te parece, Venancio?

PICA LAGARTOS

Lo que usted guste, Don Latí.

DON LATINO

¡El Genio brilla con luz propia! ¿Que no, Pollo?

EL POLLO

Que sí, Don Latino.

DON LATINO

¡Yo he tomado sobre mis hombros publicar sus escritos! ¡La honrosa tarea! ¡Soy su fideicomisario! Nos lega una novela social que está a la altura de *Los Miserables*. ¡Soy su fideicomisario! Y el producto íntegro de todas las obras, para la familia. ¡Y no me importa arruinarme publicándolas! ¡Son deberes de la amistad! ¡Semejante al nocturno peregrino, mi esperanza inmortal no mira al suelo! ¡Señores, ni una representación de la Docta Casa! ¡Eso sí, los cuatro amigos, cuatro personalidades! El Ministro de la Gobernación, Bradomín, Rubén y este ciudadano. ¿Que no, Pollo?

EL POLLO

Por mí, ya puede usted contar que estuvo la Infanta.

PICA LAGARTOS

Me parece mucho decir que se halló la política representada en el entierro de Don Max. Y si usted lo divulga, hasta podrá tener para usted malas resultas.

DON LATINO

¡Yo no miento! ¡Estuvo en el cementerio el Ministro de la Gobernación! ¡Nos hemos saludado!

EL CHICO DE LA TABERNA

¡Sería *Fantomas!*

DON LATINO

Calla tú, mamarracho. ¡Don Antonio Maura estuvo a dar el pésame en la casa del *Gallo!*

EL POLLO

José Gómez, *Gallito,* era un astro y murió en la plaza, toreando muy requetebién, porque ha sido el rey de la tauromaquia.

PICA LAGARTOS

¿Y *Terremoto,* u séase Juan Belmonte?

EL POLLO

¡Un intelectual!

DON LATINO

Niño, otra ronda. ¡Hoy es el día más triste de mi vida! ¡Perdí un amigo fraternal y un maestro! Por eso bebo, Venancio.

PICA LAGARTOS

¡Que ya sube una barbaridad la cuenta, Don Latí! Tantéese usted, a ver el dinero que tiene. ¡No sea caso!

DON LATINO

Tengo dinero para comprarte a ti, con tu tabernáculo.

Saca de las profundidades del carrik un manojo de billetes y lo arroja sobre el mostrador, bajo la mirada torcida del chulo y el gesto atónito de Venancio. EL CHICO DE LA TABERNA *se agacha por alcanzar entre las zancas barrosas del curda un billete revolante. La niña* PISA BIEN, *amurriada en un rincón de la tasca, se retira el pañuelo de la frente, y espabilándose fisga hacia el mostrador.*

EL CHICO DE LA TABERNA

¿Ha heredado usted, Don Latí?

DON LATINO

Me debían unas pocas pesetas, y me las han pagado.

PICA LAGARTOS

No son unas pocas.

LA PISA BIEN

¡Diez mil del ala!

DON LATINO

¿Te deben algo?

LA PISA BIEN

¡Naturaca! Usted ha cobrado un décimo que yo he vendido.

DON LATINO

No es verdad.

LA PISA BIEN

El 5775.

EL CHICO DE LA TABERNA

¡Ese mismo número llevaba Don Max!

LA PISA BIEN

A fin de cuentas no lo quiso, y se lo llevó Don Latí. Y el tío roña aún no ha sido para darme la propi.

DON LATINO

¡Se me había olvidado!

LA PISA BIEN

Mala memoria que usted se gasta.

DON LATINO

Te la daré.

LA PISA BIEN

Usted verá lo que hace.

DON LATINO

Confía en mi generosidad ilimitada.

EL CHICO DE LA TABERNA *se desliza tras el patrón, y a hurto, con una seña disimulada, le tira del mandil.* PICA LAGARTOS *echa la llave al cajón y se junta con el chaval en la oscuridad donde están amontonadas las corambres. Hablan expresivos y secretos, pero atentos al mostrador con el ojo y la oreja.* LA PISA BIEN *le guiña a* DON LATINO.

LA PISA BIEN

¡Don Latí, me dotará usted con esas diez mil del ala!

DON LATINO

Te pondré piso.

LA PISA BIEN

¡Olé los hombres!

DON LATINO

Crispín, hijo mío, una copa de anisete a esta madama.

EL CHICO DE LA TABERNA

¡Va, Don Latí!

DON LATINO

¿Te estás confesando?

LA PISA BIEN

¡Don Latí, está usted la mar de simpático! ¡Es usted un flamenco! *¡Amos,* deje de pellizcarme!

EL POLLO

Don Latino, pupila, que le hacen guiños a esos capitales.

LA PISA BIEN

¡Si llevábamos el décimo por mitad! Don Latí una cincuenta, y esta servidora de ustedes, seis reales.

DON LATINO

¡Es un atraco, Enriqueta!

LA PISA BIEN

¡Deje usted las espantás para el calvorota! ¡Vuelta a pellizcarme! ¡Parece usted un chivo loco!

EL POLLO

No le conviene a usted esa gachí.

LA PISA BIEN

En una semana lo enterraba.

DON LATINO

Ya se vería.

EL POLLO

A usted le conviene una mujer con los calores extinguidos.

LA PISA BIEN

A usted le conviene mi mamá. Pero mi mamá es una viuda decente y para sacar algo hay que llevarla a la calle de la Pasa.

DON LATINO

Yo soy un apóstol del amor libre.

LA PISA BIEN

Usted se *ajunta* con mi mamá y conmigo, para ser el caballero formal que se anuncia en *La Corres.* Precisamente se cansó de dar la pelma un huésped que teníamos y dejó una alcoba, para usted la propia. ¿Adónde va usted, Don Latí?

DON LATINO

A cambiar el agua de las aceitunas. Vuelvo. No te apures, rica. Espérame.

LA PISA BIEN

Don Latí, soy una mujer celosa. Yo le acompaño.

PICA LAGARTOS *deja los secretos con el chaval y en dos trancos cruza el vano de la tasca: Por el cuello del carrik detiene al curda en el umbral de la puerta.* DON LATINO *guiña el ojo, tuerce la jeta y desmaya los brazos haciendo el pelele.*

DON LATINO

¡No seas vándalo!

PICA LAGARTOS

Tenemos que hablar. Aquí el difunto ha dejado una pella que pasa de tres mil reales —ya se verán las cuentas— y considero que debe usted abonarla.

DON LATINO

¿Por qué razón?

PICA LAGARTOS

Porque es usted un vivales, y no hablemos más.

EL POLLO DEL PAY-PAY *se acerca ondulante. A intento, deja ver que está empalmado, tose y se rasca ladeando la gorra.* ENRIQUETA *tercia el mantón y ocultamente abre una navajilla.*

EL POLLO

Aquí todos estamos con la pupila dilatada y tenemos opción a darle un vistazo a ese kilo de billetaje.

LA PISA BIEN

Don Latí se va a la calle de ganchete con mangue.

EL POLLO

¡Fantasía!

PICA LAGARTOS

Tú, pelmazo, guarda la herramienta y no busques camorra.

EL POLLO

¡Don Latí, usted ha dado un golpe en el Banco!

DON LATINO

Naturalmente.

LA PISA BIEN

¡Que te frían un huevo, Nicanor! A Don Latí le ha caído la lotería en un décimo del 5775. ¡Yo se lo he vendido!

PICA LAGARTOS

El muchacho y un servidor lo hemos presenciado. ¿Es verdad, muchacho?

EL CHICO DE LA TABERNA

¡Así es!

EL POLLO

¡Miau!

PACONA, *una vieja que hace celestinazgo y vende periódicos, entra en la taberna con su hatillo de papel impreso y deja sobre el mostrador un número de* El Heraldo. *Sale como entró, fisgona y callada. Solamente en la puerta, mirando a las estrellas, vuelve a gritar su pregón.*

LA PERIODISTA

¡Heraldo de Madrid! ¡Corres! ¡Heraldo! ¡Muerte misteriosa de dos señoras en la calle de Bastardillos! *¡Corres! ¡Heraldo!*

DON LATINO *rompe el grupo y se acerca al mostrador, huraño y enigmático. En el círculo luminoso de la lámpara, con el periódico abierto a dos manos, tartamudea la lectura de los títulos con que adereza el reportero el suceso de la calle de Bastardillos. Y le miran los otros con extrañeza burlona, como a un viejo chiflado.*

LECTURA DE DON LATINO

El tufo de un brasero. Dos señoras asfixiadas. Lo que dice una vecina. Doña Vicenta no sabe nada. ¿Crimen o suicidio? ¡Misterio!

EL CHICO DE LA TABERNA

Mire usted si el papel trae los nombres de las gachís, Don Latí.

DON LATINO

Voy a verlo.

EL POLLO

¡No se cargue usted la cabezota, tío lila!

LA PISA BIEN

Don Latí, vámonos.

EL CHICO DE LA TABERNA

¡Aventuro que esas dos sujetas son la esposa y la hija de Don Máximo!

DON LATINO

¡Absurdo! ¿Por qué habían de matarse?

PICA LAGARTOS

¡Pasaban muchas fatigas!

DON LATINO

Estaban acostumbradas. Solamente tendría una explicación. ¡El dolor por la pérdida de aquel astro!

PICA LAGARTOS

Ahora usted hubiera podido socorrerlas.

DON LATINO

¡Naturalmente! ¡Y con el corazón que yo tengo, Venancio!

PICA LAGARTOS

¡El mundo es una controversia!

DON LATINO

¡Un esperpento!

EL BORRACHO

¡Cráneo *previlegiado!*

GUÍA DE LECTURA

por Joaquín del Valle-Inclán

Ramón del Valle-Inclán. Foto archivo Espasa

TALLER DE LECTURA

Este trabajo pretende comentar contigo aspectos destacados de LUCES DE BOHEMIA (el momento histórico en que se escribió, lo que ha dicho el autor de su teatro, opiniones de la crítica...), pero debe insistir en que es tu interpretación y tu lectura de la obra lo realmente importante. Hay muchas cuestiones que dilucidar y muchos puntos de vista para hacerlo; lógicamente, estas páginas no pueden ofrecerte todos, pero sí tratarán de darte sugerencias, abrir nuevos enfoques y ayudarte a que desarrolles tu propio criterio. Como ves, de ninguna manera pretende, ni puede, suplantarte en tu papel. Tendrás que enfrentarte al texto y juzgar por ti mismo. No hay resumen del argumento ni esquemas; todo parte de tu lectura de la obra.

1. «¡ESTÁ BUENA ESPAÑA!». SITUACIÓN POLÍTICA Y SOCIAL

El régimen político que en España se llamó la Restauración comenzó con un golpe militar y terminó con otro. Su inicio fue el «pronunciamiento» (así se les denominaba en el siglo XIX) del general Martínez Campos el 29 de diciembre de 1874; su final, el golpe de Estado (ya estamos en el siglo XX y el progreso tenía que notarse) del general Primo de Rivera el 13 de septiembre de 1923. La intervención de los militares en la política en los siglos XIX y XX no era extraña en absoluto, pero la Restauración duró, entre ambas intervenciones del ejército, casi cincuenta años, lo que hace de este régimen uno de los más duraderos de la historia reciente —y eso sí es más extraño.

LUCES DE BOHEMIA se sitúa en este período, ya en su parte final, hacia 1920, aunque tiene referencias a otros momentos políticos de la historia de España.

Hablamos de Restauración, ¿pero qué es lo que se restauraba? Sencillamente, la dinastía borbónica. Los Borbones se habían caído del carro del trono de España con la reina Isabel II en 1868, en la revolución que se llamó «la Gloriosa» (en la pág. 117 aparece una referencia, cuando Don Latino dice: «Yo fui a París con la Reina Doña Isabel»). La monarquía se restauraba no en la reina, sino en su hijo Alfonso XII. El gran artífice de esta política fue Cánovas del Castillo. Su idea básica era que la monarquía era consustancial a España, mientras que la democracia era algo «doctrinal», es decir, teórico, pero no práctico. No debe extrañarte que la Constitución de 1876, fundadora del régimen, valorase por encima de todo la institución monárquica y el papel del rey, prestando poca atención a la democracia. El rey podía nombrar o despedir ministros, podía disolver las Cortes. Alfonso XIII (el «primer humorista», pág. 116) hará uso de estas facilidades e intervendrá en política muy a menudo. Pero sobre la democracia la Constitución nacía coja, o casi paralítica: establecía un sistema bicameral —Cortes y Senado—, pero el sufragio, el voto, era censitario. Es decir, votaban solamente aquellos que cumplían el requisito de ser propietarios. De esta manera el cuerpo electoral en 1886 lo formaban nada más que el 2,1 por 100 de la población.

Aun así, este régimen funcionó durante casi cincuenta años. ¿Por qué? (pregunta que puedes extender a otros regímenes políticos). En principio podemos hablar de la pasividad o, si prefieres, de la bajísima conciencia política del pueblo español. Nadie, excepto los que vivían de ella, tenía interés en la política. Por supuesto que hubo oposición al sistema, pero los republicanos y el movimiento obrero (la Internacional) eran una minoría. Los carlistas, también adversarios de Cánovas, tampoco lograron acabar con el régimen.

El sistema de Cánovas empleaba la «alternancia» basándose en dos partidos mayoritarios: el conservador, que dirigía él mismo, y el liberal, encabezado por Sagasta. La regla de oro de la «alternancia» era respetar el turno en el poder, como en el juego de la oca: yo gobierno ahora, después tú, luego yo... Fíjate que, en el reinado de Alfonso XIII, a partir de 1902 van a gobernar, primero, los conservadores; en 1905, los liberales; en 1907, los conservadores de nuevo; en 1910, los liberales; en 1913, los conservadores y en 1915 (a ver si aciertas), los liberales, claro que sí.

Como ves, el electorado no fallaba nunca. Más justo sería decir que fallaba siempre, puesto que las elecciones se «fabricaban». Tal y como suena. Los resultados estaban pactados entre las fuerzas políticas antes de que se celebrasen las elecciones. Existía el «encasillado», que era el reparto de los escaños entre ellas. Para evitar sorpresas en el voto estaba «el pucherazo», sistema por el cual llegaban a votar no sólo los muertos, ¡sino también los no nacidos! El control del electorado se realizaba a través de la figura de los caciques, pertenecientes a la elite local, provincial y regional, que actuaban como intermediarios del Estado. Su máxima era: a los amigos hacerles favores; a los enemigos aplicarles la ley. Llevándote bien con el cacique podías conseguir un empleo, un ascenso, una recomendación. La clase política que los usaba en su beneficio vivía en Madrid y se reunía en el Senado y el Congreso. Algunos de estos personajes aparecen en LUCES DE BOHEMIA. Maura, el más citado, pertenecía a la clase media mallorquina; tras estudiar Derecho en Madrid entró en el bufete de Gamazo —un cacique— y terminó casándose con su hermana. A partir de ahí comienza su carrera política. Otra figura es García Prieto, que tenía importantes intereses en compañías como la Unión y el Fénix, Tabacos de Filipinas, Banco Hipotecario... El conde de Romanones, gobernante, terrateniente, financiero y hombre de negocios, obtuvo grandes beneficios con las minas de hierro en Marruecos, cuyo control exigió la guerra con los marroquíes. Como ves, el dinero y el parentesco tenían una gran importancia en la clase política de la época. Las Cortes aparecían como un entramado de cuñados, yernos, suegros... («un yerno más», que exclama Dorio de Gadex en la pág. 119).

Don Antonio Maura aparece varias veces en LUCES DE BOHEMIA y es ferozmente criticado: «charlatán» o «rey del camelo» son algunos epítetos que se le dedican. Pero responden a algo real, no a una antipatía personal del autor. Maura fue un personaje tremendamente impopular a partir de la llamada Semana Trágica, en julio de 1909. Fue un levantamiento espontáneo en Barcelona contra el embarque de tropas para la guerra de Marruecos. En aquellos años sólo iban a la guerra, o cumplían el servicio militar, quienes no podían pagar «la cuota». Con frase de los agitadores de la época: se derramaba la sangre de los obreros, y los burgueses se quedaban en casa («No quise dejar el telar por ir a la guerra y levanté un motín en la fábrica. Me denunció el patrón...», pág. 104). La insurrección de la Semana Trágica se canalizó contra la Iglesia y contra la monarquía. De hecho, se declaró la República en el cinturón industrial de Barcelona, pero ni socialistas ni anarquistas fueron capaces de dirigir el movimiento. La represión fue tremenda y la impopularidad de Maura por ello también. El grito de «¡Muera Maura!» se extendió por toda España. Te puedes hacer una idea de la dureza de la oposición a Maura con la declaración del diputado socialista en el Congreso Pablo Iglesias, cuando le dijo a éste: «[...] hemos llegado a considerar que antes que su señoría suba al poder, debemos acudir al atentado personal».

Maura dimitiría el 21 de octubre de 1909, en lo que podemos llamar el comienzo de la crisis de la Restauración, el telón de fondo de LUCES DE BOHEMIA. La llamada «alternancia» de los partidos políticos en el gobierno se rompió: el partido conservador se había escindido en tres grupos principales y no se ponían de acuerdo para gobernar. El rey tenía que tomar decisiones políticas continuamente. En 1917 estalló una grave crisis que acabó con la salud del sistema instaurado por Cánovas.

Y ya que hemos hablado de la clase política, ¿qué le ocurría al trabajador? Pues el cuadro era bastante negativo. El sistema productivo español estaba atrasado, con una industria obsoleta, como por ejemplo la industria textil catalana. El estado de la agricultura era aún peor, con situaciones claramente feudales en lo que se refiere a las condiciones laborales, los derechos de los trabajadores del campo y la enorme concentración de la propiedad en unas pocas familias.

Desde el final de la Guerra europea (1918), hubo en España un aumento de precios sustancial y continuado hasta 1921, lo que afectó gravemente a los económicamente más débiles. Algunos historiadores indican que el nivel de vida de los asalariados descendió en un 21 por 100 de 1914 a 1921. Esta situación explica las profundas convulsiones que van a recorrer España en los años 1919 y 1920. Los trabajadores habían comenzado un fuerte proceso de organización, fundamentalmente alrededor de dos polos: el movimiento anarquista de la CNT y las Casas del Pueblo del PSOE. Los tremendos capitales obtenidos por patronos y empresarios durante la Guerra europea, la disparidad entre los salarios y los beneficios, el aumento de la inflación y la carestía de precios llevó a los trabajadores a luchar por sus reivindicaciones, en algunos casos con el recurso a la violencia.

La situación era extremadamente tensa, sobre todo en Cataluña, donde, en 1919, a raíz de la huelga de la Canadiense —que suministraba energía eléctrica— se declaró el estado de guerra. Los militares ocuparon las calles, instalaron ametralladoras... Lo mismo sucedería en Madrid en febrero de 1919. Las tropas salieron a la calle para reprimir asaltos a tiendas de comestibles y comercios. En este mismo año, con la llegada de la cosecha llegaron las grandes movilizaciones de los trabajadores agrícolas andaluces. Las huelgas aumentaban de día en día *(El Imparcial* cifró en 130 las huelgas en el Ayuntamiento de Madrid en octubre de 1919). Hay que tener en cuenta, además, la gran influencia que tuvo la Revolución rusa de 1917, como un gran impulso moral a luchar por sus derechos.

Pero si había lucha y organización obrera, también la había empresarial. Cuando la patronal catalana decreta el *lock out* —cierre de las fábricas— en 1919, lo hizo dos veces para enfrentarse al movimiento sindical y, además, se negó a admitir a trabajadores afiliados a los sindicatos. Aliados con el ejército, que compartía las tesis de mano dura frente a los huelguistas, acusaron al gobierno de debilidad y decidieron emplear la violencia. Es el llamado pistolerismo «blanco». Obreros destacados, dirigentes sindicales, fueron eliminados por asesinos contratados («Barcelona alimenta una hoguera de odio ...», como dice el preso en la pág. 100). El movimiento anarquista no dudó en responder, y los atentados, las bombas, se hicieron cada vez más frecuentes. La represión patronal adoptó diversas formas: asociaciones seudocívicas que colaboraban con la policía en la represión de los manifestantes; sindicatos libres que empleaban la violencia armada contra los obreros; finalmente, la ley de fugas, aprobada en 1921, que permitía a las fuerzas del orden fusilar a cualquier preso con la excusa del intento de fuga.

Como ejemplo, tomemos el verano de 1920 en Barcelona: había 32.000 obreros en huelga. Sólo en el mes de octubre, siguiendo las notas de prensa, 35 sindicalistas fueron acribillados a tiros en las calles barcelonesas. El general Martínez Anido, militar que había declarado públicamente su apoyo a la patronal, fue nombrado gobernador civil el 8 de noviembre. Tras su nombramiento, en el breve lapso de veintiún días, hubo 22 asesinatos por la violencia patronal y obrera.

— Si te acercas a una biblioteca o hemeroteca podrás hojear algún diario de aquella época. Te aconsejamos los de los años 1919 o 1920. Con el material que hayas recogido, recrea o inventa una primera plana de un periódico con noticias —huelgas, manifestaciones, asaltos...— que se correspondan con el ambiente social de LUCES DE BOHEMIA.

— Y por aquello de la justicia histórica, en vez de silenciar la muerte del preso catalán (pág. 106), ¿cómo darías en tu periódico esa noticia?

2. «UN SIGLO A CUESTAS». HISTORIA Y TIEMPO

¿Y por qué todo este resumen histórico? Pues bien, en primer lugar, si tomas en consideración la situación social y política, verás que frases como «Todos los días un patrono muerto, algunas veces, dos» (pág. 102) o «Una buena cacería puede encarecer la piel de patrono catalán» (pág. 103) tienen un significado y una profundidad mucho mayor que la de unas palabras ingeniosas. Detrás de ellas late una enorme injusticia y una espeluznante violencia. En segundo lugar, ahora podemos hacer una pregunta: ¿Cuándo ocurre la acción de LUCES DE BOHEMIA?

Si analizas someramente los hechos referidos y los personajes históricos mencionados en la obra, verás que hay serias dificultades para definir el momento histórico en que se desarrolla. La referencia a don Jaime de Borbón (escena III) hay que situarla con anterioridad a 1910: las visitas a España del pretendiente carlista fueron frecuentes antes de esa fecha, pero no posteriormente. La figura de don Jaime llegó a hacerse muy popular, realizando incluso entrevistas en la prensa. En 1907 estuvo en Madrid de incógnito, paseándose por la calle, visitando a personalidades carlistas (entre ellas, muy probablemente, don Ramón), además de conceder entrevistas de prensa, como la realizada para la revista *Por Esos Mundos* (Madrid, 1907, págs. 473-475). Las referencias al rey de Portugal, Manuel II (págs. 67-68), obligan también a retrotraer el tiempo con anterioridad a 1910, fecha en que fue destronado este monarca. Pero en la escena IV se menciona como un hecho la Revolución rusa, lo que nos sitúa con posterioridad a 1917. Poco más adelante se considera como escritor vivo y activo a don Mariano de Cavia (pág. 89), que falleció en 1919. Sin embargo, en la escena VI hay de nuevo un salto temporal, pues, al referirse a la ley de fugas, la acción ocurre forzosamente a partir de 1921. La referencia a García Prieto, que acaba de ser nombrado presidente del Consejo por Alfonso XIII (escena VII), vuelve a llevarnos a noviembre de 1917, cuando formó gobierno por segunda vez, pero la asociación patronal denominada Acción Ciudadana comienza su actividad en 1919. Pérez Galdós había muerto en 1920, y siguiendo la obra parece que acaba de fallecer (pág. 82). El sargento Basallo fue liberado en 1923, aunque el libro por el que sin duda lo nombrarían académico (pág. 82), *Mi cautiverio en el Rif,* apareció en 1924. El torero José Gómez falleció en 1920; Rubén Darío, en 1916. El preso catalán dice que «existen las Colonias Españolas de América» (pág. 102)...

Parece que no es tan fácil decidir el año en que estamos. (Por cierto, trata de calcular la edad de un personaje como Don Latino; resulta curioso.) Y ya que hemos empezado por algo evidente, sigamos por el mismo camino. Se citan personajes de la historia de España: Carlos II, Felipe II, Isabel II; se alude a políticos como Castelar, y además hay referencias al Dos de Mayo (pág. 73), a la Inquisición (pág. 98), la leyenda negra (pág. 105), la guerra carlista (pág. 195)... Y todo ello en el lapso temporal de la acción de LUCES DE BOHEMIA, es decir, apenas veinticuatro horas. ¿Por qué esa mezcla de referencias? ¿Es una casualidad o tienen una función?

La obra nos sitúa alrededor de 1920, eso es innegable, pero su trama temporal se teje con personajes y hechos históricos que no pudieron coincidir en el tiempo, con referencias al pasado y al presente; son hechos cronológicamente datables y situables, pero su combinación, su sabia mezcla, tiene una finalidad estética. En este aspecto podemos decir que el autor «condensa el tiempo». No trata de referirse a un hecho concreto; al contrario, a través de ese hecho quiere explicar caracteres de todo un período. Los hechos históricos, por lo tanto, no están escogidos al azar: el autor sopesó y modificó aquellos que consideraba no podrían ir más allá de la inmediatez del momento. Veamos algunos.

En la primera versión de LUCES DE BOHEMIA, aparecida en 1920, se lee: «—Precisamente ahora está vacante el sillón de don Benito el Garbancero. / —Se lo darán a don Torcuato el Aceitero». En la versión en libro editada en 1924, que es la que tú lees ahora, esa referencia a don Torcuato se cambió por «Nombrarán al Sargento Basallo» (pág. 82). ¿Por qué? Por los motivos que fuesen, el autor prefirió, como un elemento que iría más allá de su época, al sargento Basallo, figura asociada a la guerra marroquí, que alcanzó enorme popularidad a su regreso, con el éxito de su libro. Se perfila así una crítica implícita a la carencia de gusto estético, a la aceptación de cualquier clase de literatura con tal que sea de éxito masivo, frente a don Torcuato Luca de Tena, al que apuntaba en 1920.

Es una característica en el quehacer de Valle-Inclán el gusto por la perfección, de ahí que revisase su obra casi podemos decir que continuamente. En el caso de LUCES DE BOHEMIA, cada hecho o mención histórica trata de plasmar una de las concepciones del autor: la representación de una época histórica a través de unos momentos escogidos; limitados, sí, pero que llevan en su interior la explicación del proceso general. Presenta un momento histórico terrible, pero al mismo tiempo intenta sugerir los motivos que lo han causado. Y lo hace con las referencias a la historia de España, tanto actual como pasada.

Parafraseando *La Lámpara Maravillosa* —el libro en el cual don Ramón explicó su estética—, se trata de crear un momento que contenga todos los momentos, que resuma en su brevedad lo que fue y lo que va a ser. Ese momento en que, con sus propias palabras, «todas las cosas se inmovilizan como en un éxtasis, y en el cual late el recuerdo de lo que fueron y el embrión de lo que han de ser».

LUCES DE BOHEMIA, a través de su «tiempo condensado», no pretende exponer sólo la apariencia, sino desvelar la esencia de la sociedad en que vivió el autor. (¿Sabías que, durante la dictadura franquista, la censura consideraba LUCES DE BOHEMIA una obra dirigida contra el régimen y trató de suprimir no sólo frases sino escenas enteras? Prueba a cambiar términos como «fondos de reptiles» por «fondos reservados», juega con eso de «el señor ministro no es un golfo»..., verás que, lamentablemente, hay mucho de actualidad todavía.)

3. «UNA MATEMÁTICA PERFECTA». ESTRUCTURA DE *LUCES DE BOHEMIA*

La obra vio la luz en la revista *España,* en los números de julio a octubre de 1920. Para su edición en libro (editorial Renacimiento, 1924) el autor, además de cambios estilísticos, añadió tres escenas (II, VI y XI). Con esto, además de aumentar la profundidad temática de la obra, dejaba una estructura precisa y clara en quince escenas.

Lo primero que salta a la vista es la estructura circular de la obra. Si en la primera escena nos hallamos en la buhardilla de Max Estrella, con la invitación al suicidio colectivo que hace a su familia («Con cuatro perras de carbón, podíamos hacer el viaje eterno», pág. 41), la obra se cierra con una referencia a este ambiente, la muerte misteriosa de dos señoras —la mujer y la hija del poeta— con el tufo de un brasero y la duda del titular de prensa «¿Crimen o suicidio?» (pág. 212).

3.1. *Simetría y simbolismo estructural*

Si tomas como base la acción, verás que puedes dividir el conjunto de las escenas en dos grupos: las doce primeras —con todo el simbolismo de este número—, en las que tiene lugar el recorrido madrileño del poeta y su muerte, y las tres últimas, que relatan los hechos inmediatos al fallecimiento del poeta. Si atiendes a la función que cumplen, sucede lo mismo: las doce primeras plantean la obra, las tres finales son un anticlímax. Ambos grupos de escenas tienen el mismo lapso temporal: doce horas. Max sale de su casa al anochecer y regresa para morir de madrugada en la escena XII; las tres escenas restantes ocupan el mismo tiempo, el velatorio acaba sobre las cuatro de la tarde, seguidamente se desarrolla el entierro, y finaliza la obra ya de noche en la taberna de Pica Lagartos. Otro elemento que contribuye a la simetría de la obra son las apariciones del preso catalán: primero, como prisionero sin identificar (escena II); posteriormente, en el calabozo, junto con Max Estrella (escena VI), y, al final, la referencia a un preso que pretendía fugarse (escena XI). Puedes encontrar otros ejemplos de este tipo de referencias, como la capa empeñada por Max Estrella (escena III), que se menciona de nuevo en la escena XII; las invitaciones al suicidio (escenas I y XI)...

3.2. *El tiempo*

Hemos dicho que la obra se desarrolla en un espacio temporal muy breve. ¿Es por mantener la norma clásica de «unidad de tiempo»? ¿Responde a otras concepciones del autor? En varias cartas, entrevistas y conferencias, don Ramón habla de los efectos de reducir el tiempo:

> En mis obras he procurado reducir los conceptos de espacio y tiempo de tal modo, que desde que empieza la acción hasta que termina, a lo sumo transcurren veinticuatro horas, y a todo lo más, día y medio [...] Si nos cuentan de un hombre de noventa años que ha perdido a sus padres, a su esposa y a sus hijos, la emoción no puede apoderarse de nosotros. A esa edad todos somos huérfanos y hemos podido perder hijos de sesenta años. Pero si esto mismo nos lo dicen de un hombre de veinte años, ya apunta el drama, cuya intensidad aumentará de una manera considerable si reducimos los conceptos de espacio y tiempo haciendo coincidir estas muertes en un día, en una hora, en un mismo sitio *(Entrevistas,* pág. 323).

Está claro que LUCES DE BOHEMIA es un buen ejemplo de esa «reducción temporal», tanto históricamente (como ya hemos visto) como en el sentido trágico que el autor espera provocar en el público.

3.3. *El espacio*

Veamos qué ocurre con el espacio. La obra se desarrolla en Madrid, pero en múltiples escenarios, lo que podríamos llamar la diversidad escénica. Mejor que lo diga el autor:

> —¿Pues cómo ha de ser el teatro, don Ramón?
>
> —El nuestro, como ha sido siempre: un teatro de escenarios, de numerosos escenarios. Porque se parte de un error fundamental, y es éste: el creer que la situación crea el escenario. Eso es una falacia porque, al contrario, es el escenario el que crea la situación. Por eso el mejor autor teatral será siempre el mejor arquitecto. Ahí está nuestro

> teatro clásico, teatro nacional, donde los autores no hacen más que eso: llevar la acción sin relatos a través de muchos escenarios *(Entrevistas,* pág. 584).

En un espacio de tiempo sincopado, la obra discurre en multitud de ambientes —taberna, café, la calle, comisaría, redacción de un periódico, etc.— y con una gran cantidad de personajes (cincuenta y cuatro, según la lista del *Dramatis personae:* es la obra teatral de don Ramón con mayor número de caracterizaciones). Fíjate en que las escenas y los personajes funcionan como múltiples segmentos que sólo tienen sentido vistos en conjunto, por así decirlo, como piezas de un rompecabezas que únicamente al verlas ordenadas y en su totalidad nos ofrecen la figura completa. Por ejemplo, un personaje sin función alguna aparentemente, como el borracho de la escena III, revela toda su importancia al cerrar la obra con su sentencia de «¡Cráneo *previlegiado!*».

3.4. *Acotaciones*

Para terminar este apartado sin aburrirte mucho, vamos a echar una ojeada a las acotaciones, o sea, las indicaciones que da el autor referidas a la acción, los personajes y a lo que conviene al desarrollo de la escena. Ya te habrás dado cuenta de que son muy literarias, pero tal vez no te has fijado en la importancia de la luz. Desde la primera escena, «penumbra rayada de sol poniente», las indicaciones sobre la luz aparecen en casi todas las acotaciones: «Media cara en reflejo y media en sombra» (pág. 55), «Luz de acetileno» (pág. 61), «parpadeo azul del acetileno» (pág. 63), «En la llama de los faroles un igual temblor verde y macilento» (pág. 75), «La luz de una candileja» (pág. 92)... Y hay muchas más que puedes buscar tú solo.

Otras indicaciones son muy plásticas, como si nos describiesen un cuadro, por ejemplo, «Sobre las campanas negras, la luna clara» (pág. 165), «sombras negras de los sepultureros, al hombro las azadas lucientes» (pág. 196). Esta es una constante —acotaciones literarias, importancia de la luz, descripciones plásticas— del teatro de don Ramón: la concepción de la obra como un gran espectáculo visual.

Dos años después de la publicación definitiva de LUCES DE BOHEMIA, en 1926, comentando a José Santa Cruz un proyecto de representar *El gran teatro del mundo,* Valle-Inclán le escribía diciéndole que la plasticidad de los personajes, los trajes y colores, las formas y los contrastes, «son en el teatro moderno, milagros que hace la luz».

— Veamos un pequeño problema. En la acotación primera de la escena X (pág. 148) reza: «El perfume primaveral de las lilas embalsama la humedad de la noche». De ahí que esperemos estar en primavera; sin embargo, en la escena XIV, la acotación sugiere otra estación del año: «La tarde fría. El viento adusto» (pág. 181), y, además, los dos sepultureros indican claramente que la acción transcurre en otoño: «—No falta faena. Niños y viejos. / —La caída de la hoja siempre trae lo suyo» (págs. 198-199). Dado que la acción de LUCES DE BOHEMIA transcurre en veinticuatro horas, esto parece una contradicción. ¿Tú qué opinas? ¿Fue una distracción del autor? (De hecho, la frase «el perfume primaveral...» se añadió en 1924.) ¿Es deliberado y lo que preocupa al autor es dar la ambientación adecuada —tarde fría, otoño— para la escena del cementerio?

— Don Ramón era un gran admirador del Duque de Rivas. Hablando sobre teatro decía que *Don Álvaro,* el final sobre todo, es un ejemplo admirable de obra construida con esa técnica de «unidad de acción y variedad de lugar» *(Entrevistas,* pág. 497). ¿Crees que puede decirse eso de LUCES DE BOHEMIA, «unidad de acción y variedad de lugar»? Analiza un poco ese final de *Don Álvaro o La fuerza del sino,* que a Valle-Inclán tanto le gustaba.

4. «LOS ENIGMAS DE LA VIDA Y DE LA MUERTE». TEMA Y TEMAS DE LA OBRA

¿De qué trata LUCES DE BOHEMIA? Evidentemente basa su acción dramática en el recorrrido nocturno de un poeta olvidado y su muerte. Pero eso es la anécdota, la excusa para un mensaje de mayor alcance.

4.1. *Denuncia de la situación histórico-social: el hambre y la corrupción política*

Un tema evidente es la problemática histórica y social, como ya hemos visto en las primeras páginas de este trabajo. Las referencias son muy numerosas, por ejemplo, al hambre. Las manifestaciones tumultuarias, con asalto y saqueo de tiendas, se relatan con frecuencia en la prensa de 1919; en la obra se dice «Corren por la calle tropeles de obreros. Resuena el golpe de muchos cierres metálicos» (pág. 73), o «El pueblo que roba en los establecimientos públicos...» (pág. 161). Frente a las organizaciones obreras y a las manifestaciones —a veces espontáneas— para saquear abastecimientos, aparecen organizaciones patronales amparadas por la policía y el Gobierno. Una de ellas es la Acción Ciudadana, también llamada Asociación o Unión Ciudadana. Según una nota aparecida en *El Imparcial* (21-XII-1919), se definía como sigue: «Se nos interesa hagamos constar que *Unión Ciudadana* no tiene color político alguno; es una agrupación de hombres de bien que sólo aspira a mantener el orden social y la tranquilidad pública, dispuestos a proceder enérgicamente contra la actuación bastarda de los explotadores de la revuelta callejera». (Compara con lo que dice Pica Lagartos en la pág. 72). Esta organización participaba protegiendo a los esquiroles, como en la huelga de tranvías de Madrid en diciembre de 1919, o cargando con la policía contra los manifestantes. De ahí que en LUCES DE BOHEMIA se hable del «cate» que le alcanzó a Crispín (pág. 72), o del enfrentamiento entre manifestantes y «polis honorarios» con el resultado de la muerte de uno de ellos (págs. 78 y 120).

A veces el lenguaje político de la época puede resultar un poco desconcertante, sobre todo si mezcla términos religiosos y políticos (pág. 56), hecho muy frecuente en los primeros veinte o treinta años del siglo. Denominar «apóstoles» a los miembros destacados de un partido no sorprendía a nadie; y términos como «redención», «La revolución es la gran *caridad*»..., aparecen empleados en muchos escritos y periódicos obreristas. En algún caso, esta terminología puede ser un poco confusa, como la frase de Max Estrella: «Barcelona semita sea destruida» (pág. 103). El término *semita,* por extraño que suene, fue empleado para referirse a la Barcelona comercial, y trazas de ello aparecen en algunos catalanistas como Pompeyo Gener, que atribuye a la influencia semítica el peso que tienen los «intereses materiales»: «He ahí lo sagrado y lo que prima todas las manifestaciones de la actividad humana en Cataluña». Y en la actividad mercantil y comercial, critica a esos «neojudíos» que se dedican a «burlar las leyes del Estado con el contrabando, o mezclar algodón a la lana y a la seda, dar poco peso, hacer corta la medida, vender con muestras falsas [...] atrasarle —al obrero— el reloj a la salida de la fábrica para que trabaje más tiempo» *(Cosas de España,* 1903). Es ese mundo de explotación y estafa la referencia de «Barcelona semita».

La corrupción se manifiesta en los «fondos reservados», popularmente llamados de «reptiles» (escena VIII), que los Ministerios de Gobernación y Estado distribuían sin ningún control. Curiosamente se empleaban para sobornar periodistas, y no para pagar confidentes policiales. Así los periódicos ocultaban un suceso o lo suavizaban y si no recibían dinero emprendían una campaña de descrédito. Otra forma de usar el presupuesto público era con la concesión de empleos o cargos públicos a los periodistas a quien se quería recompensar o controlar políticamente. Los beneficiarios con semejantes trabajos —generalmente ficticios— no tenían que asistir y se limitaban a cobrar el sueldo. Es conocida la anécdota sobre el periodista y escritor Manuel Bueno, que cobraba como «ama de cría» del Ayuntamiento de Madrid, eso sí, rebajada de servicio. Bonafoux habla de un bohemio que llegó a ser «mulo del ejército» y cobraba unas pesetas al mes para paja y cebada. Sean o no ciertas esas anécdotas, muestran que el uso de dineros y cargos públicos con fines privados no era ni desconocido ni inusual. Y, por supuesto, los «fondos de reptiles» apuntan directamente a la prensa, a la que don Ramón suele criticar en su obra. No hay más que leer la escena en la redacción de *El Popular* (pág. 108) o la afirmación «¿Qué dirá mañana esa Prensa canalla?» (pág. 106) para comprobar lo dicho.

4.2. *La muerte*

Pero además hay un tema, raramente señalado, que resulta evidente nada más leer la obra: la muerte. Desde el mismo comienzo de la obra (pág. 40) aparece el suicidio; vuelve a repetirse cuando Max le dice a Don Latino: «Te invito a regenerarte con un vuelo» (pág. 164); el preso catalán y Max Estrella (escena VI) hablan de la muerte; con Rubén Darío en el café (escena IX) aparece de nuevo en la conversación. Es innecesario mencionar la escena del velatorio, pero ya en la siguiente, la decimacuarta, otra vez Rubén Darío y el Marqués de Bradomín vuelven a referirse a «Ella». Fallecen Max Estrella, su mujer y su hija; son asesinados el obrero catalán y el niño de la escena XI... Parece que no es una cuestión de apreciación subjetiva, sino que el autor conscientemente insistió en este asunto. ¿Por qué?

Ante todo recuerda que Valle-Inclán era una persona religiosa en el sentido profundo del término. Además, la muerte de los inocentes, las víctimas inocentes, como las ha estudiado Ildefonso Manuel Gil, es un tema frecuente en su obra (los cuentos «Beatriz» y «Rosarito», el final de la *Sonata de Primavera,* el chamaco devorado por los cerdos en *Tirano Banderas,* por poner algunos ejemplos), y en LUCES DE BOHEMIA aparece con el niño de la escena XI. ¿Qué función cumple esta víctima inocente? Mostrarnos la falta de valores éticos, la «chabacana sensibilidad ante los enigmas de la vida y de la muerte» (pág. 57) de la sociedad española: ante el asesinato del niño, el tabernero comenta que «Son desgracias inevitables para el restablecimiento del orden» (pág. 160); el Retirado afirma que «El Principio de Autoridad es inexorable» (pág. 162), y para Don Latino «Hay mucho de teatro» en el dolor de la madre (pág. 164). El anarquista será asesinado por los mismos policías que deberían custodiarlo, pero nadie protestará ante semejante desafuero. Y el cadáver de Max Estrella, desde su descubrimiento hasta el terrible y grotesco velatorio, sufrirá todo tipo de vejámenes.

Además, a través de los personajes, vemos diversas maneras de enfrentarse a la muerte. Max Estrella es partidario del sucidio, sin ninguna creencia («Para mí, no hay nada tras la última mueca», pág. 144); el preso catalán, resignado y conocedor de su fin, se yergue con una entereza casi fatídica («Bueno. Si no es más que eso», pág. 104). Para estos dos personajes sólo resta «la impotencia y la rabia». Rubén Darío, reacio a hablar de la Dama de Luto, se declara creyente («—¡Yo creo! / —¿En Dios? / —¡Y en el Cristo!» pág. 143), y el Marqués de Bradomín, con su humor cínico, también decide escoger, entre todas las muertes, la «muerte cristiana» (pág. 195). Hemos dicho humor cínico, pero Bradomín también habla con un hondo sentido cuando afirma: «No es más que un instante la vida» (pág. 195), repitiendo una idea que puedes encontrar en otras obras del autor, por ejemplo, el poema «Rosa de Job»: «¡La vida!... Polvo en el viento / volador». La discusión de estos personajes (escena XIV) sobre las voces «cementerio», «necrópolis» y «camposanto» encierra mucho más que juegos de palabras. Es en el término «camposanto», o sea, cementerio de los católicos, donde ven una «lámpara», una luz, algo con lo que evitar el horror de «perecer sin esperanza en el cuarto de un Hotel» (pág. 194).

4.3. *La religión*

¿Podríamos encontrar otras escenas en la obra donde estén presentes alusiones religiosas? Probemos con el preso catalán (escena VI). Su nombre es Mateo, generalmente tomado como referencia al anarquista español Mateo Morral (1880-1906), quien estuvo en la misma tertulia que Valle-Inclán la noche anterior a cometer el atentado contra los reyes de España. Sin negar este aspecto, ten en cuenta que Mateo es el nombre de un apóstol asesinado por la espalda. Este nombre, entre otras interpretaciones, se lee como «mano de Dios». ¿Es casualidad que el preso catalán, poco antes de salir de la celda para morir, diga: «¡Señor poeta, que tanto adivina, no ha visto usted una mano levantada?» (pág. 105). Se nos habla de «Iglesia» (pág. 101), de «la religión nueva» (pág. 103), y Max Estrella llama Saulo al anarquista, y le encomienda predicar la nueva religión. Creo que puede decirse que, sin contradecir la denuncia social o el humor negro sobre los patronos catalanes, hay un nivel de simbolismo religioso en esta escena.

Así pues, LUCES DE BOHEMIA no plantea un único tema —aunque al estudiar la obra se ha hecho generalmente mucho más hincapié en la denuncia social—, sino varios al mismo tiempo y sin contradicciones entre ellos, pues el gran problema de fondo es la carencia de valores de la sociedad española, ejemplificada en una serie de ambientes, discusiones y comportamientos individuales.

— La escena segunda fue añadida en 1924. En las páginas 55 a 58 tienes un importante debate sobre la religión. Sin duda verás relaciones con cosas ya mencionadas, pero trata de analizar lo que dice cada personaje más detalladamente. Frases como: «Si España alcanzase un más alto concepto religioso, se salvaba» (pág. 55), «Hacer la Revolución Cristiana» (pág. 56), ¿qué sentido tienen en la obra? ¿Por qué crees que el autor coloca esta discusión sobre la «gran miseria moral» de la sociedad española casi al comienzo de la obra?

— En un fragmento de una novela de Valle-Inclán, *Viva mi Dueño* (1928), se ofrece la respuesta de un periodista ante la queja de que un gitano ha sido apaleado brutalmente por la Guardia Civil. No tendrás problema en relacionarlo con una escena concreta de LUCES DE BOHEMIA. ¿Y con un tema?:

No soy el Director. Eso lo primero. La Dirección resuelve en estas cuestiones... Pero, dada la sensatez del periódico, no puede acoger en sus páginas una denuncia tan grave. En ese respecto, nuestra doctrina es no crear dificultades a los Órganos del Poder. No sé si ustedes me habrán comprendido. ¡Es indiferente! El Director viene a las cuatro [...] ¡Vayan con Dios! ¡Desalojen! ¡Tengo a mi cargo la confección del periódico (Espasa Calpe, 1992, págs. 257-258).

5. «¿CÓMO SE LLAMA USTED?». REALIDAD E INVENCIÓN DE LOS PERSONAJES

Querido Darío:

Vengo a verle después de haber estado en casa de nuestro pobre Alejandro Sawa. He llorado delante del muerto, por él, por mí y por todos los pobres poetas. Yo no puedo hacer nada; usted tampoco, pero si nos juntamos unos cuantos algo podríamos hacer. Alejandro deja un libro inédito. Lo mejor que ha escrito. Un diario de esperanzas y tribulaciones.

El fracaso de todos sus intentos para publicarlo y una carta donde le retiraban una colaboración de sesenta pesetas que tenía en *El Liberal* le volvieron loco en los últimos días. Quería matarse. Tuvo el final de un rey de tragedia: loco, ciego y furioso.

(La carta no lleva la firma de Valle-Inclán; únicamente una cruz trazada con esmero).

Estas letras de don Ramón a Rubén Darío ante la muerte de Alejandro Sawa (1862-1909) muestran la honda impresión que le causó este hecho. Admitamos que esté aquí la génesis de LUCES DE BOHEMIA, en ese dolor ante el terrible final de Sawa y ante la situación de los escritores, «los pobres poetas». ¿Es Max Estrella un trasunto de Alejandro Sawa? ¿Tienen alguna base real los personajes de LUCES DE BOHEMIA?

Generalmente se acepta que el autor recreó una serie de literatos y bohemios de su época: Max Estrella es Alejandro Sawa; Zaratustra se identifica con el librero y editor Gregorio Pueyo; Soulinake vendría a ser Ernesto Bark; Ciro Bayo sería Don Gay Peregrino... El trabajo más destacado en esta línea es, sin duda, la obra de Zamora Vicente *La realidad esperpéntica.* Posiciones diferentes, o mucho más matizadas tocante a la posible identificación de los personajes, también tienen su lugar en la crítica, como en *Valle-Inclán, Azorín y Baroja,* de Ildefonso Manuel Gil, quien afirma que «Max Estrella tiene del Sawa real mucho menos que del real Valle-Inclán».

Como no es posible discutir detenidamente todas las identificaciones, vamos a limitarnos a exponer los problemas que éstas plantean, centrándonos en la figura de Alejandro Sawa. El primer obstáculo estriba en los recuerdos o testimonios que se escogen para sustentar una identificación entre los personajes reales y sus contrafiguras en LUCES DE BOHEMIA. Los recuerdos de unos y otros sobre un mismo personaje son a veces contradictorios y, con frecuencia, se aducen testimonios muy posteriores en el tiempo a los acontecimientos reales. La identificación Max Estrella-Alejandro Sawa se basa, principalmente, en textos posteriores a su muerte, pero escasísimas veces se mencionan testimonios coetáneos. A modo de inventario, Ernesto Bark retrata así al bohemio:

> Existe sólo su yo, ante el cual desaparece todo el resto [...] De Sawa se retiraron igualmente los amigos, cansados de servirle de pedestal de vanidad o eco de su amor propio. Solo y solitario se encuentra hoy el artista que hubiera podido fundar sólidamente la novela modernista [...] Como Delorme, Fraguas, Luis París y otros ha encontrado protectores valiosos y creo que un banquero inteligente y generoso sigue todavía protegiéndole *(Modernismo,* 1901, págs. 65-66).

¿Es Alejandro Sawa el Max Estrella de LUCES DE BOHEMIA?

Y dado que no hay dos sin tres, queda el problema de la fiabilidad de los recuerdos o confesiones. Don Nicasio Hernández Luquero afirmaba en un artículo publicado en 1967 que en el velatorio de Alejandro Sawa a «Valle-Inclán, siempre extraño y fantástico, se le antojó que Alejandro estaba vivo. Hubo que buscar un espejo...» (tomo la cita del trabajo de Ildefonso Manuel Gil). Pues bien, sabemos que ni Valle-Inclán pidió un espejo ni se empeñó en que Sawa estuviese vivo. Ese hecho, que ocurrió realmente, lo protagonizó Ernesto Bark, como veremos al analizar en detalle, y comparativamente, el velatorio de Sawa y el de Max Estrella.

En una entrevista realizada por el escritor y periodista Ernesto López Parra a Ernesto Bark (¿1925?) y publicada póstumamente en *La Libertad* (Madrid, 7-XI-1926), aparece esta visión de las causas de la muerte del escritor: «El gran Alejandro Sawa se suicidó con una inyección de morfina, preparada por él, que le aplicó su mujer sin saberlo». Aunque la mayoría de los testimonios coinciden en que Sawa murió ciego y loco, no puede descartarse por completo el suicidio. De entrada, Valle-Inclán afirma en su carta que «quería matarse». Por otra parte, ya hemos visto cuántas alusiones al suicidio hay en la obra. Es imposible saber si fue o no un suicidio, pero en cualquier caso la muerte de Max Estrella y la de Sawa no tendrían nada en común (tampoco la tienen ateniéndonos a los hechos conocidos). Las siguientes declaraciones de Bark son altamente reveladoras:

> ¡Pobre Sawa! ¡Yo le quería mucho! En París vivimos juntos. Por cierto que el día de su muerte sucedió un caso insólito. Yo no quería que se le enterrase hasta que el cuerpo diese señales de descomposición, porque me inquieta mucho pensar que alguien puede ser enterrado vivo. Tuve que librar una lucha tremenda con los sepultureros, que querían llevárselo a todo trance, en seguida. Luego me enteré que Valle-Inclán había publicado en la revista *España* un artículo contra mí, llamándome espía ruso y afirmando que me había opuesto al entierro de Sawa por no sé qué cosas urdidas por su fantasía. Claro que cuando me encontré a Valle-Inclán en la calle, nos pegamos.

Es cierto que Bark y don Ramón tuvieron un altercado en la calle tras la aparición de LUCES DE BOHEMIA en la revista *España* —lo que Bark denomina un artículo—, pero sabemos que don Ramón quedó muy sorprendido por el hecho. ¿Por qué? Porque no había intención de relacionar el personaje que protagoniza la escena del velatorio en LUCES DE BOHEMIA, Basilio Soulinake —nombre que empleó en otras obras—, con el bohemio Bark. ¿Qué hay en Soulinake que nos lleve a tal identificación? Exclusivamente dos detalles: «Ernesto Bark, con su gran barba roja», como lo describe Ernesto López Parra, comparable a las «grandes barbas rojas de judío anarquista» (pág. 185) que adornan a Soulinake en la obra, y la pelea de Bark con los enterradores debido a su temor a la catalepsia, trasmutada en esa terrible mezcla de ridículo y horror con que acaba la escena. Pero, junto a estos detalles, hay que señalar las diferencias: en la obra, el origen de Basilio Soulinake es contradictorio, pues en la acotación se le define como «periodista alemán» (pág. 185), pero en su segundo parlamento dice «donde comemos algunos emigrados eslavos» (pág. 185). Además, habla mal el castellano, y su profesión es el periodismo, mientras que Ernesto Bark hablaba y escribía perfectamente el castellano, era de origen letón (polaco ruso, según otros) y el volumen de su obra en librería no justifica el apelativo de periodista. Parecería entonces que el autor coge dos elementos casuales y, empleando las palabras de Bark, los convierte en «cosas urdidas por su fantasía».

Con esto queremos aclarar que hay en la obra algún hecho o comportamiento particular adjudicable a personas reales, pero nada más. Cuando el autor quiere representar a un personaje real —Dorio de Gadex, Rubén Darío—, los cita por su nombre, sin disfraces. Y eso lo hace en toda su obra, no solamente en LUCES DE BOHEMIA. Además, el plagio, préstamo literario o reelaboración —no vamos a discutir— que Valle-Inclán hace de *El árbol de la ciencia,* de Pío Baroja, indica que el autor no toma hechos reales, sino literarios. Acumula en sus personajes circunstancias y hechos que pueden adscribirse al comportamiento de muchos bohemios, mezcla elementos reales con invenciones literarias, creando personajes que van mucho más allá de cualquier identificación concreta.

— ¿Recuerdas que en la obra se dice «el esperpentismo lo ha inventado Goya»? Bien; lo que sigue son extractos del anuncio, en 1799, de la serie de grabados que han recibido el nombre de *Los caprichos:*

Colección de estampas de asuntos caprichosos, inventadas y grabadas al aguafuerte por don Francisco de Goya. Persuadido el autor de que la censura de los errores y vicios humanos (aunque parece peculiar de la elocuencia y la poesía) puede también ser objeto de la pintura, ha escogido como asuntos proporcionados para su obra, entre la multitud de extravagancias y desaciertos que son comunes en toda sociedad civil, [...] aquellos que ha creído más aptos a suministrar materia para el ridículo, y ejercitar al mismo tiempo la fantasía del artífice. [...] En ninguna de las composiciones que forman esta colección, se ha propuesto el autor, para ridiculizar los defectos particulares a uno u otro individuo; que sería en verdad, estrechar demasiado los límites al talento y equivocar los medios de que se valen las artes de imitación para producir obras perfectas.

La pintura (como la poesía) escoge en lo universal lo que juzga más a propósito para sus fines; reúne en un solo personaje fantástico, circunstancias y caracteres que la naturaleza presenta repartidos en muchos, y de esta combinación, ingeniosamente dispuesta, resulta aquella feliz imitación, por la cual adquiere un buen artífice el título de inventor y no de copiante servil.

— ¿Qué relación ves con la discusión sobre la base real de los personajes de LUCES DE BOHEMIA?
— Siguiendo con la complicada relación de lo real y lo imaginario, de lo que ha sucedido y lo que el autor transforma en material artístico. En una entrevista decía Valle-Inclán:

Recuerdo que una de las cosas que más impresión me ha producido en mi vida es una escena que presencié una tarde yendo a casa del librero Pueyo: Bajaba por la calle una mujer seguida de unas vecinas. Esa mujer era una portera a la que le acababan de decir que a su hijo, jugando con unos muchachos del barrio, le habían matado. Aquella mujer no decía una palabra. Sólo gritaba. Sus gritos eran la única expresión de sus sentimientos.

— No tendrás problema para relacionar este fragmento con una escena de LUCES DE BOHEMIA. ¿Qué opinas? ¿El autor toma el hecho tal cual y lo traslada al escenario? ¿Toma solamente la esencia? ¿Inventa o imita?

6. «CHANELO EL SERMO VULGARIS». EL LENGUAJE DE *LUCES DE BOHEMIA*

Toda la crítica está de acuerdo en alabar la enorme creación lingüística, la profunda renovación de la lengua literaria que plantea LUCES DE BOHEMIA. Tenemos muchos niveles de habla y de lenguaje, voces y citas literarias dándose la mano con madrileñismos y vulgarismos; términos gitanos y galleguismos; creaciones del autor y voces de la literatura clásica española... Así dicho parece un tanto complicado, pero trataremos de organizarlo un poco y relacionarlo con el conjunto de la obra de don Ramón.

6.1. *Neologismos*

Encontrarás en LUCES DE BOHEMIA neologismos, es decir, palabras o acepciones nuevas en la lengua; algunos están creados empleando el prefijo «a» (como «abichado», pág. 150), algo común en el estilo del autor. Poco frecuente en su primera época, va adquiriendo un desarrollo progresivo hasta llegar a sus últimas novelas *(El Ruedo Ibérico,* 1927, 1928 y 1932), donde es ya abundante. También hay neologismos que podrían basarse en palabras gallegas («cañotas», «cepones»), en términos coloquiales («chispones»), en voces francesas («hacen escombro»). Otras creaciones, como «fripón» o «albando», plantean dificultades para clasificarlas correctamente.

6.2. *Galleguismos*

Los galleguismos («cachiza», «cuadrase») aparecen desde la primera obra del autor, *Femeninas* (1895) —no en vano era gallego—, y aun cuando pueda argumentarse que en sus primeros años los empleaba sin darse cuenta, no cabe duda de que a lo largo de toda su obra aparecen persistentemente, lo que responde a una finalidad estética y estilística.

6.3. *Americanismos*

Junto a este nivel de creación tenemos voces americanas («briago»), que son otra constante del léxico de la obra de don Ramón, también desde su primer libro. Valle-Inclán había viajado a México dos veces (1892 y 1921), amén de una gira por Argentina, Paraguay y Chile en 1910 con la compañía de teatro García Ortega; estaba, pues, familiarizado con el castellano de América y desde *Femeninas* (1895) hasta su última novela, *Baza de Espadas* (1932), luce en sus textos, sin olvidarnos, claro está, de *Tirano Banderas* (1927), su gran novela latinoamericana (por cierto, Valle-Inclán corrigió la versión de LUCES DE BOHEMIA hacia 1923 o 1924, época en que trabajaba en *Tirano Banderas,* lo que explica la presencia en este esperpento de algún americanismo).

6.4. *Nivel culto*

Habrás notado que hay un nivel culto en el lenguaje de la obra: voces griegas («eironeia»); latinas («salutem plurimam»); referencias históricas («Artemisa», «Belisario»); artísticas («Armida», «Hermes»); mitológicas («Minerva»), y una gran cantidad de citas y referencias literarias: Max Estrella saluda con *La vida es sueño* («¡Mal Polonia recibe...!», pág. 51); Don Latino parodia un verso de Espronceda («¡Que haya un cadáver más...!», pág. 120); Dorio de Gadex recita a Rubén Darío («¡Padre y Maestro...!», pág. 79), así como Don Filiberto («¡Juventud, divino tesoro!», pág. 110); el mismo Rubén Darío recita sus versos («¡¡¡La ruta tocaba a su fin...!!!», pág. 146); Max Estrella poetiza su ceguera con un verso de Víctor Hugo («Como Homero y como Belisario», pág. 127), que Rubén Darío empleó en el prólogo a *Iluminaciones en la sombra* (1910), como homenaje a Alejandro Sawa; Soulinake se hace eco de una zarzuela («como la guardia valona», pág. 185). Otras referencias literarias son más oscuras («como la corza herida», pág. 65), y restan frases cuyo origen no está localizado («¡Todo en tu boca es canción...!», pág. 49; «Venancio me llamo», pág. 68). Además se mencionan autores diversos (Verlaine, Villaespesa, los hermanos Quintero, Shakespeare...) y títulos de obras como el *Palmerín de Constantinopla,* el libro de Salvador Rueda *En tropel de ruiseñores* (pág. 82), la obra de Víctor Hugo *Los miserables;* sin olvidar la relación que tiene una escena, la decimatercia, con *El árbol de la ciencia,* de Pío Baroja.

Puede pensarse que este acopio de citas es algo casual, exigido por el ambiente de la obra —un grupo de bohemios dedicados a la literatura—, donde serían frecuentes las alusiones literarias; pero hay que decir que don Ramón gustaba de introducir en sus obras no solamente citas, sino párrafos de otros autores, documentos históricos, coplas populares... Así es como lo explicaba:

> Cuando el relato me da naturalmente ocasión de incrustar una frase, unos versos, una copla, un escrito de la época de la acción, me convenzo de que todo va bien. Pero si no existe esa oportunidad no hay duda de que va mal. Cuando escribía yo la *Sonata de Primavera,* cuya acción pasa en Italia, incrusté un episodio romano de Casanova para convencerme de que mi obra estaba ambientada e iba por buen camino... *(Entrevistas*, pág. 434).

Además, el gusto por citar autores, la inclusión de citas y las referencias artísticas es propio de la literatura modernista, y por supuesto de la de don Ramón desde sus primeros libros.

6.5. *Lengua popular*

Al lado del nivel de creación (neologismos, galleguismos...) y del nivel culto (referencias históricas, citas...) tenemos la lengua popular. Aparecen voces gitanas («gachó», «mulé»), escasísimas en obras de Valle-Inclán anteriores a 1910, pero que irá incorporando progresivamente; vulgarismos (como «dilustrado», «sus», «apegarse», «cuála») y, sobre todo, el habla de Madrid. Brevemente (tranquilo, lo digo en serio) vamos a señalar algunas particularidades de ese habla presentes en LUCES DE BOHEMIA:

La apócope —o sea, la supresión de sílabas en una voz— es un proceso frecuente en el habla madrileña («poli», «propi», «pipi», «delega», *«La Corres»);* el empleo del cultismo como «introducir» por «meter» («No introduzcas tú la pata», pág. 71); el uso del sufijo «ito» para dar énfasis a la designación del propio yo («servidorcito», pág. 70), forma frecuente en Arniches; la deformación fonética de una voz culta («previlegiado» por «privilegiado»); la redundancia con valor intensificativo («finado difunto», págs. 62, 186), y sobre todo un vocabulario que recoge voces claramente madrileñas, tanto creaciones momentáneas como voces aún vivas: «beatas» (pesetas), «bola» (cabeza), «pápiros» (billetes), «chica» (botella pequeña), «cortinas» (residuo que se deja en el vaso)... o frases como «llevar a la calle de la Pasa» (casarse), «ir al Viaducto» (suicidarse).

Sin duda, el género chico, los sainetes o los escritores «casticistas» ya habían empleado este recurso; nada había de nuevo en ello, pero Valle-Inclán lo emplea rompiendo con cualquier asomo de costumbrismo o madrileñismo: el lenguaje de la calle, de la taberna, del chulo y del borracho están ahí, formando y conformando la obra, pero con la finalidad de proyectarse más allá, de sobrepasar el espacio de Madrid y de su tiempo.

¿Qué queremos decir con todo esto? Pues que no es ninguna casualidad que el autor emplee diversos niveles del lenguaje (neologismos, vulgarismos, habla madrileña, referencias literarias...), sino que responde a unos postulados estéticos. En *La Lámpara Maravillosa* don Ramón explica la necesidad de crear un nuevo lenguaje que responda a las exigencias de su tiempo: «Desde hace muchos años, día a día, en aquello que me atañe yo trabajo cavando la cueva donde enterrar esta hueca y pomposa prosa castiza, que ya no puede ser la nuestra cuando escribamos». Los artistas deben crear sus palabras, su lenguaje, quebrantando «todas las cadenas con que os aprisiona la tradición del Habla». Así el autor busca nuevos términos, diferentes acepciones, recupera del pasado o inventa lo que no halla, creando siempre esa nueva manera que es no sólo una creación lingüística, sino también de conciencia. «Toda mudanza substancial en los idiomas es una mudanza en las conciencias», escribe en *La Lámpara Maravillosa*. Como ves, no es un experimento casual el lenguaje de LUCES DE BOHEMIA, ni una cuestión exclusivamente de estilo: es una concepción de la lengua como generador de la conciencia, del alma colectiva de un pueblo. Cuando deseó expresar ese dolor sobre la situación española, esa crítica que lanza sobre una sociedad, escogió salir de los usos y maneras del lenguaje teatral de su época, fabricando, por así decirlo, un nuevo lenguaje que contuviese todos los niveles del habla, desde lo más bajo a lo más alto, desde el argot de arrabal al galicismo modernista.

> Los idiomas nos hacen, y nosotros hemos de deshacerlos. Triste destino el de aquellas razas encerradas en el castillo hermético de sus viejas lenguas, como las momias de las remotas dinastías egipcias, en la hueca sonoridad de las Pirámides (*La Lámpara Maravillosa,* Madrid, Espasa Calpe, 1995, pág. 97).

7. «LA TRAGEDIA NUESTRA NO ES TRAGEDIA». ¿QUÉ ES EL ESPERPENTO?

¿De dónde procede el término «esperpento»? Varios autores consideran que es voz americana; por ejemplo, Manrique Martínez informa que uno de los escritores mexicanos del círculo de Zorrilla «usa ya el término esperpento con valor de género literario», y cita una obra de José Tomás de Cuéllar, *Isolina. La Ex-figurante* (1871), donde se habla de una pieza de teatro a la que califican de esperpento, término que definen como «un culebrón, una comedia mala» *(Actas del Congreso sobre José Zorrilla,* Valladolid, 1993, págs. 398-399); Rubia Barcia cita el término en el *Vocabulario de mexicanismos* (México, 1905), de J. Aguilar *(Summa valleinclaniana,* Barcelona, 1992, pág. 131). Sin embargo, aparecen en la prensa madrileña y en el género chico ejemplos de su uso bastante anteriores, con el sentido de «cosa o persona fea o extravagante»: «Llamar la atención de la autoridad sobre el esperpento del kiosco colocado enfrente del café Suizo, afeando la calle» *(Gil Blas,* Madrid, 11-VII-1867, pág. 4); «Yacen en este agujero / afuera del panteón / tres esperpentos que son: / Suñer, Robert y Quintero» *(El Gato,* Madrid, 10-VI-1869, pág. 2); «Pues se pasó el esperpento / todo el mes en el portal» (E. Sierra, *Madrid Cómico,* Madrid, 10-XI-1888, pág. 3); «El esperpento de su esposa» (J. Pérez Zúñiga, *ídem,* 14-II-1891, pág. 7); Unamuno, en su epistolario privado, dice: «esa preceptiva imbécil que ha hecho tener por hermosas a esperpentos hueros y fofos».

El sentido de «extravagante» está muy claro cuando se dice de la hermosísima —según los cánones de su tiempo— bailarina Carolina Otero «No pasa día sin que la bella esperpento» *(El Globo,* Madrid, 12-III-1900). También hay ejemplos de su uso como «mala obra teatral»: «El autor famoso / de esperpento tal» (J. Pérez Zúñiga, *Madrid Cómico,* Madrid, 12-XII-1891, pág. 3); «¡Pobre teatro español! ¡Cómo te pierdes con esperpentos como el de anoche!» *(ídem,* Madrid, 18-II-1893, pág. 6); «El esperpento. Sainete de *Gedeón,* con título de don Práxedes Mateo Sagasta...» *(Gedeón,* Madrid, 6-III-1901); Sinesio Delgado, en su obra teatral *Quo Vadis* (Madrid, 1902, pág. 19), hace exclamar a un personaje: «¿Qué esperpento es éste?».

— ¿Con qué sentido crees que se emplea la voz «esperpento» en LUCES DE BOHEMIA? ¿Extravagancia, fealdad, mala obra teatral? ¿Tiene alguna acepción añadida por el autor?
— Compara términos recogidos en el glosario con diccionarios de argot moderno, por ejemplo, *El tocho cheli,* de Ramoncín, o el *Diccionario de argot español,* de Víctor León; a lo mejor te llevas una sorpresa.

¿Pero qué es el esperpento para Valle-Inclán? Complicada pregunta que ha hecho correr ríos de tinta, y a la que vamos a acercarnos a través de algunas declaraciones del autor, obviando la tan citada definición que da Max Estrella en la escena XII. ¿Por qué? Primeramente, porque es un personaje quien habla —no el autor—, personaje que, además, está borracho, lo que explica que la definición sea breve, repetitiva y hasta un poco incoherente.

Recordemos que la voz «esperpento» era una voz popular, con acepciones de «extravagancia», «fealdad», «mala obra de teatro», recogida por don Ramón para designar su nuevo género teatral. Pero ¿qué valor le dio Valle-Inclán a este término, no en sentido concreto, sino como definición teatral? Dejemos que sea el propio autor quien nos lo diga:

> Estoy iniciando un género nuevo, al que llamo *género estrafalario.* Ustedes saben que en las tragedias antiguas, los personajes marchaban al destino trágico, valiéndose del gesto trágico. Yo en mi nuevo género también con-

> duzco a los personajes al destino trágico, pero me valgo para ello del gesto ridículo. En la vida existen muchos seres que llevan la tragedia dentro de sí y que son incapaces de una actitud levantada, resultando, por el contrario, grotescos en todos sus actos *(Entrevistas,* pág. 197).
>
> Esta modalidad —se refiere al esperpento— consiste en buscar el lado cómico en lo trágico de la vida misma *(Entrevistas,* pág. 201).
>
> En *Los cuernos de Don Friolera,* el dolor de éste es el mismo de Otelo, y sin embargo, no tiene su grandeza. La ceguera es bella y noble en Homero. Pero en *Luces de Bohemia* esa misma ceguera es triste y lamentable, porque se trata de un poeta bohemio, de Máximo Estrella *(Entrevistas,* pág. 297).

Tenemos, pues, una definición en la que el autor subraya el hecho de que los personajes no están a la altura de su tragedia. Su dolor es real, terrible, pero visto desde fuera se percibe como algo ridículo, grotesco. Hemos dicho desde fuera, y eso es importante para entender la perspectiva que don Ramón decidió adoptar en los esperpentos: el distanciamiento.

En muchas entrevistas, Valle-Inclán explicó su nueva manera de trabajar, manteniendo que había tres formas de ver a los personajes: de rodillas, en pie y en el aire. La primera perspectiva es la del autor que crea personajes superiores a él, como Homero, que da a sus héroes características de semidioses. La segunda forma es la de igualdad: el personaje y el autor están en el mismo plano (las dudas de Hamlet, los celos de Otelo son sentimientos que podría haber sentido Shakespeare). Y la tercera forma es la de superioridad: el autor se considera superior a sus personajes y los contempla desde la altura, sin identificarse con ellos, sin sentirse partícipe de sus padecimientos.

Vamos a resumir un poco: tenemos una voz popular, «esperpento», con la que el autor bautiza su nuevo género dramático, y el valor que le da a esta palabra viene definido fundamentalmente por la situación de los personajes, incapaces de estar a la altura de su tragedia, por lo ridículo —grotesco, si se prefiere— que hay en su situación. Esto lo expresa con la visión del autor como «un demiurgo, que mira a sus hijos, en el caso más benigno, con benevolencia de ser superior».

Veamos qué encontramos de todo esto en LUCES DE BOHEMIA, la primera obra que recibió el título de «esperpento». Es importante decir que la idea, el concepto de «esperpento» que tenía Valle-Inclán no fue estático, sino que evolucionó a medida que realizaba sus obras. Por eso podemos ver contradicciones entre lo que el autor define y su materialización en LUCES DE BOHEMIA. Incluso comparándola con otros esperpentos posteriores, podemos apreciar diferencias; pero ese es un tema que se sale de nuestro objetivo.

El afán de no hacer una tragedia, de construir una obra antitrágica, que dice la crítica, es evidente. Es notorio que el personaje principal muere tres escenas antes del fin de la obra y, sorprendentemente, se cierra con la frase pronunciada por un borracho. Tenemos una enorme tragedia, a nivel colectivo —la situación social— y a nivel individual —la muerte del poeta, y el suicido de su mujer y su hija—, pero estos hechos los vemos ridículos debido a los personajes que les dan vida.

¿Cómo es la muerte de Max Estrella? Ridícula; nada hay de elevado en su fallecimiento, ni mucho menos en su velatorio. Max se muere en la calle convirtiendo sus últimos momentos en una parodia —sus postreras palabras son «¡Buenas noches!» (pág. 174)— y su cadáver se queda a «la vindicta pública». El hecho trágico muestra su lado ridículo. El velatorio es ya una parodia grotesca y cruel.

Se nos habla de hambre, de injusticia, de corrupción, ¿pero quién está contra ella, quién la critica? Veamos algunos comportamientos de los personajes que censuran ese estado de cosas. El librero Zaratustra, que se queja de la situación («¡Está buena España!», pág. 55), no tiene inconveniente en estafar a Max Estrella y afirmar poco más adelante que «Sin religión no puede haber buena fe en el comercio» (pág. 56), lo que muestra el burdo concepto mercantilista que tiene de ella, amén de su hipocresía. Don Latino estafa y roba a su amigo (págs. 52 y 175), pero no tiene inconveniente en declararse «su perro fiel», «su hermano» (pág. 181). ¿Qué me dices de los manifestantes? En la obra se les denomina «obreros golfantes» (pág. 72), y a los únicos que nos presenta concretamente son Enriqueta La Pisa Bien y el Rey de Portugal (saca tú mismo las conclusiones). Es Enriqueta quien está orgullosa de haber participado en «dar mulé» a un miembro de la Acción Ciudadana (pág. 78).

Los personajes viven un momento trágico, terrible, pero no son capaces de verlo porque carecen de valores morales. La crítica del autor apunta contra todos —unos y otros— precisamente por esa falta de conciencia ética. Y lo dice bien claro Max Estrella cuando empieza a comprender: «Los ricos y los pobres, la barbarie ibérica es unánime» (pág. 105), «¡Canallas...! ¡Todos...! Y los primeros nosotros, los poetas!» (pág. 159). Lo trágico es la situación misma; lo ridículo, los personajes, que no sólo no están a la altura, sino que ni siquiera pueden comprender lo que ocurre a su alrededor...

Hay una tensión entre lo trágico y lo ridículo. Pero algunos personajes están tratados muy favorablemente: el preso catalán, la madre del niño muerto y, hasta un cierto punto, la Lunares, aunque esto sea más subjetivo. La madre y el preso sufren su destino y se enfrentan a él con sus propios valores. El preso, con sus ideas y su lucha; la madre, reclamando justicia y dispuesta a morir como su hijo. ¿Es una ironía que de la Lunares se diga «¡Te ganas honradamente la vida!» (pág. 153), o, en realidad, Max Estrella reconoce que aun siendo prostituta es mejor que los «farsantes» del mundo que le rodea?

Hay un rudo contraste entre esos dos grupos de personajes: una mayoría carente de conceptos éticos, que viven la tragedia sin saberlo, sin darse cuenta de que están en «una trágica mojiganga»; y la minoría que comprende y sufre, como el preso y la madre.

La obra no es una propuesta de solución para ese estado de cosas —nada más lejos de don Ramón que el teatro de tesis—; es más bien un grito de protesta y de denuncia contra una sociedad cuyos valores han desaparecido y que ha convertido el mundo en «un esperpento», merecedor de un único epitafio: el absurdo comentario de un borracho.

— ¿Qué opinas del comportamiento de Max Estrella? Cuando llega ante el Ministro protesta del atropello que ha sufrido en su persona, pero ni menciona al preso catalán (pág. 128); reconoce que es un canalla porque acepta dinero de los «fondos de los Reptiles» (pág. 132), pero ese dinero, que agradece en nombre de dos pobres mujeres, se lo gasta en irse a cenar. ¿Son contradicciones propias del ser humano? ¿Quizá vive una tragedia con gestos ridículos?

— Sería una locura no recomendarte una lectura en voz alta de la obra. Don Ramón opinaba que la gran obra de «la literatura española es el teatro», ya que «nuestra lengua es una lengua teatral; hecha para el grito y para el apóstrofe. Una lengua que cuando es bella y noble de veras es cuando suena» (*Entrevistas,* pág. 497). Prueba a leer alguna escena de LUCES DE BOHEMIA, por ejemplo, la III, en voz alta dos veces seguidas. La segunda vez recuerda eso de «el grito y el apóstrofe».

Bien, si has llegado hasta aquí, no hay duda de que eres una persona paciente y considerada. Tal vez estas páginas te hayan servido de ayuda, o quizá tengas más preguntas que respuestas y más dudas que certezas. Para eso te recomiendo una bibliografía mínima —lo que hay escrito sobre LUCES DE BOHEMIA es ingente— con la cual lograrás una visión mucho mayor que la que este trabajo ha intentado ofrecerte. Espero, eso sí, que hayas disfrutado leyendo la obra —LUCES DE BOHEMIA, por supuesto— tanto como este autor.

BIBLIOGRAFÍA MÍNIMA

DOMÉNECH, Ricardo (ed), *Ramón del Valle-Inclán,* Madrid, 1988, 451 págs.

Selecciona estudios y artículos de muy diversos autores —Azaña, Castelao, Buero Vallejo...— sobre la obra de don Ramón, dedicando abundante espacio al esperpento.

GIL, Ildefonso Manuel, *Valle-Inclán, Azorín y Baroja,* Madrid, 1975, 178 págs.

Trata las relaciones entre un episodio de la novela de Baroja *El árbol de la ciencia* con el velatorio de Max Estrella; la identificación con Alejandro Sawa; el tema de las «víctimas inocentes» en la obra de Valle-Inclán y precedentes del esperpento en obras anteriores a *Luces de Bohemia.*

GREENFIELD, Summer M., *Valle-Inclán. Anatomía de un teatro problemático,* Madrid, 1990, 296 págs.

Analiza la producción teatral de Valle-Inclán a lo largo de su vida, con particular atención a las constantes que se repiten de obra en obra.

RUIZ RAMÓN, Francisco, *Historia del Teatro Español. Siglo XX,* Madrid, 1984, 584 págs.

Imprescindible para hacerse una idea del momento y los eventos teatrales que rodearon la producción dramática de Valle-Inclán, amén de un interesante análisis de su teatro.

VALLE-INCLÁN, J. y J. del, *Ramón María del Valle-Inclán. Entrevistas, conferencias y cartas,* Valencia, 1994, 706 págs.

Recopilación de casi todas las entrevistas, conferencias y cartas publicadas en la prensa durante la vida de don Ramón. Se cita en este trabajo como *Entrevistas.*

ZAMORA VICENTE, Alonso: *La realidad esperpéntica,* Madrid, 1983, 218 págs.

Es un clásico de obligada lectura para analizar los esperpentos. Estudia las conexiones con la literatura paródica y el género chico, la literaturización en los esperpentos. Establece relaciones entre los personajes de *Luces de Bohemia* y escritores de la época, y estudia el lenguaje y las variantes entre las dos versiones de este esperpento.

Y a pesar de que no son bibliografía, no puedo dejar de agradecer a quienes, amablemente, ayudaron en este trabajo, particularmente a Celia Torroja y Rubén Losada, con su buen hacer y su paciencia, y a Roy Tomé Villot y Pablo Pérez Villot, por sus comentarios y su juvenil punto de vista.

J. V.-I.

GLOSARIO *

abichado (pág. 50): «con forma de bicho». Es frecuente en la obra de don Ramón la creación de neologismos verbales empleando el prefijo «a». «Jinetes achalanados» *(Cara de Plata,* 1923, II, 1, pág. 100); «mirar agacelado» *(La Corte de los Milagros,* 1927, II, v, pág. 45); «El tullido, arratado y fúnebre» *(ídem,* IV, iv, pág. 137). V. **acucar, amurriar.**

Acción Ciudadana (págs. 72, 74, 120): se refiere a la Unión Ciudadana —aunque a veces en la prensa se denomine Asociación o Acción Ciudadana—, organización paraestatal de corte maurista que colaboraba con la policía en la represión de huelgas y manifestaciones. Actuó de 1919 a 1923, y fue una más entre las diversas asociaciones «cívicas» como Defensa Social o Jóvenes Mauristas. (Véase Taller de lectura, págs. 225, 233).

acordar de (pág. 184): «acordarte». Reflejo del uso incorrecto del castellano que hace Madame Collet.

acucar, acucándose (pág. 190): «agachándose». Puede ser una errata por «acuclillándose», o tal vez un neologismo. Al menos en otra ocasión usa el autor esta voz, pero con sentido dife-

---

* Se indican todas las páginas donde aparece cada entrada, exceptuando aquellos personajes (Rubén Darío, por ejemplo) que están en el *Dramatis personæ;* en tales casos se reseña solamente este hecho y la primera página en que figuran.

rente. «El rey consorte acucó la voz» *(La Corte de los Milagros,* 1927, I, vi, pág. 21).

admirable (págs. 138-140, 145, 194, 201): expresión característica de Rubén Darío. Ramón Ledesma Miranda, en una conversación con Manuel Machado, pone en boca de éste: «¡Qué sencillez casi infantil la del gran poeta! [Darío]. Para las cosas más triviales sólo tenía un comentario: admirable. Era como un niño maravillado ante el mundo» *(Historias de medio siglo,* Madrid, 1965, pág. 140); Ricardo Baroja también lo recuerda: «¡Admirable! ¡Admirable! —y torna a su inmovilidad de Buda en éxtasis» *(Gente del 98,* ed. de Pío Caro Baroja, Madrid, 1989, pág. 60).

afónico, está afónico (pág. 63): «no dice palabra». «¡Váyase usted, o alboroto la vecindad [...] / Doña Teresita, mejor le irá conservándose afónica» («Las galas del difunto», *Martes de Carnaval,* 1930, VI, pág. 74).

agalgada (pág. 176): (galleg.) «parecida a un galgo». El autor lo usa en una de su primeras narraciones, «Viacrucis»: «un agalgado y corpulento perro lebrero» *(El País Gallego,* Santiago, ¿1888?).

agricultura, me arruina la agricultura (pág. 201): es un lugar común afirmar que esta frase es una referencia a la vida del autor. En realidad, ni don Ramón se dedicó a la agricultura ni lógicamente se arruinó con ella. Aunque pensó en cultivar viñedos y crear una marca de vino, jamás pasó de ser un proyecto.

ahuecar, ahueca (pág. 64): «marcha, escapa». «¿Qué pero? ¡Ahueca!» (Antonio Pareja, «La conversión de Recaredo», *Por esos mundos,* Madrid, 1906, pág. 223); «ahuequen ustés» (López Silva y Fernández Shaw, *Sainetes madrileños,* Madrid, 1911, pág. 13); «habría que ahuecar de los campos» *(La corte de los milagros,* 1927, V, xii, pág. 194).

aire, quedar de un (pág. 171): con el sentido de «no escuchar, quedarse sordo». «Me quedé sordo de un aire» («La rosa de papel», *Retablo de la Avaricia, la Lujuria y la Muerte,* 1927, pág. 60); «Me he quedado sorda de un aire» («Los cuernos de Don Friolera», *Martes de Carnaval,* 1930, II, pág. 125).

ajenjo (págs. 137, 147): bebida favorita de Rubén Darío. Así lo recuerda Valle-Inclán en el prólogo a la obra de Ricardo Baroja *El pedigree* (Madrid, ¿1924?): «Rubén Darío, meditabundo enfrente de su ajenjo».

ajuntar, ajuntamos (págs. 77, 209): «juntar, reunirse». Puede ser un vulgarismo y también un calco del gallego «axuntar». «No podrás ajuntarte con tus padres» *(Los Cruzados de la Causa,* 1908, pág. 108); «luego me ajunto contigo» *(Viva mi Dueño,* 1928, V, xiii, pág. 215). Con el sentido de «amancebarse», «era mujer de uno a quien fusilaron poco hace, y ahora se ajuntó con ese» *(El Resplandor de la Hoguera,* 1909, pág. 19); «Espera que tenga la casa levantada, y nos ajuntamos» *(Cara de Plata,* 1923, II, iv, pág. 146).

albando (pág. 58): «llameando». Creo que es una errata por «alfando», creación del autor a partir de la voz gallega «alfa: llamarada; bocanada de aire muy caliente que sale de la boca del horno».

alea iacta est (pág. 103): «la suerte está echada», frase de Julio César al pasar el Rubicón.

Alfonso XIII (pág. 116): rey de España (1866-1941). Don Ramón no tenía buena opinión de este monarca, llegando a denominarlo «el infausto Trece» («Paúl y Angulo y los asesinos del general Prim. III», *Ahora,* Madrid, 16-VIII-1935, pág. 5).

Alhucemas, marqués de (pág. 117): v. **García Prieto.**

almagreño (pág. 183): «del color del almagre, rojizo». «El entrecejo de un rojo almagreño» («Baza de espadas», *El Sol,* Madrid, 17-VI-1932, pág. 2).

alpargates (pág. 53): «alpargatas» *(DRAE).* Voz clásica que aparece en Cervantes: «alpargates, tan traídos como llevados» *(Rinconete y Cortadillo,* en *Novelas ejemplares,* ed. de H. Sieber, Madrid, 1994, pág. 192). En Valle-Inclán aparece, como en esta obra (págs. 70, 97), alternando con la más común de «alpargatas»: «Culera remendada, tirantes y alpargates» («Las galas del difunto», *Martes de Carnaval,* 1930, VI, pág. 78); «gorra de visera y alpargates» *(La Corte de los Milagros,* 1927, V, iv, pág. 168).

amarillos (pág. 79): «esquiroles».

amoniaco (págs. 86, 182): era usual obligar a los borrachos a inhalar vapores de amoniaco para quitarles la borrachera.

amos (pág. 207): «vamos». Vulgarismo muy frecuente. Por ejemplo: «¡Amos, la otra tarde...!» (C. Arniches, *Del Madrid castizo,* Madrid, 1919, pág. 15).

amurriar, amurriada (pág. 205): «entristecida, mal humorada». El autor crea sobre la voz «murria» el verbo «amurriar». «Teresita Ozores amurrió la cara con sal y desgaire» *(La Corte de los Milagros,* 1927, II, vii, pág. 49); «con gesto amurriado» *(ídem,* II, xvi, pág. 71); «amurrió la jeta» *(Viva mi Dueño,* 1928, II, vi, pág. 46). V. **abichado.**

anárquico (págs. 87, 160): «anarquista». «Propio anárquico, señorita» («El trueno dorado», *Ahora,* Madrid, 9-IV-1936, pág. 14).

apré (pág. 86): «sin dinero». «¡Apré! Esto me queda» («La hija del capitán», *Martes de Carnaval,* 1930, II, pág. 284).

Armida (pág. 152): personaje femenino de la obra *Jerusalén libertada.* Armida, bellísima mujer, con sus artes de seducción lleva a Reinaldo a su jardín encantado. Existen diversas representaciones pictóricas de este hecho, y probablemente el autor conociese los cobres de Teniers que se conservan en el Museo del Prado.

Artemisa (pág. 199): reina de Halicarnaso (IV a. C.) que, a la muerte de Mausoleo, su marido y hermano, le construyó el célebre monumento.

Asilo de Reina Elisabeth (pág. 58): no conozco que haya existido ningún establecimiento en St. James's Square con ese nombre. John Lyon, en su edición de *Luces de Bohemia,* comenta: «Charles Booth, en *Life and Labour of the People in London* (Londres, 1898-1903), describe el área del Soho y la de St. James [...] con una gran abundancia de organismos de caridad y comenta el gran número de extranjeros en esta parte de la ciudad» *(Lights of Bohemia,* Warminster, 1993, pág. 158).

astrónomos (pág. 150): «adivinos, tipos listos». «¡Vaya un astrónomo!» *(Viva mi dueño,* 1928, I, xi, pág. 60); «Aquellos astrónomos, borrachines y galicosos» *(ídem,* IX, iii, pág. 418); «Ve usted más que un astrónomo. Usted debe predecir el tiempo» («La hija del capitán», *Martes de Carnaval,* 1930, IV, pág. 320); «Yo con una copa soy un astrónomo» («Baza de espadas», *El Sol,* Madrid, 3-VII-1932).

bagatela, viva la (pág. 120): título de una conferencia que dio Valle-Inclán en el Ateneo de Madrid el 2-V-1907. Existen breves reseñas de prensa en *El Liberal, El Imparcial, La Prensa...* Aparece reseñada en la publicación del Ateneo *(Ateneo,* Madrid, mayo de 1907).

barati (pág. 119): v. **santi.**

Basallo, sargento (pág. 82): Francisco Basallo Becerra (1892-?), de origen cordobés. Voluntario en el Regimiento de Sevilla número 59, de guarnición en África en 1916. Fue hecho prisionero en 1921 y se dedicó a cuidar a sus compañeros de cautiverio con especial abnegación. Al ser liberados, en 1923, le señalaban como un héroe, y cuando llegó a España, en enero de ese año, su fama era enorme.

beatas (págs. 64, 78): «pesetas». «Le queda en cobre una beata» (C. Navarro, «Buscando ajuste», *Madrid Cómico,* Madrid, 21-XII-1898, pág. 6); «es que andamios *(sic)* muy mal con dos beatas» (J. Pérez Zúñiga, *Humorismo rimado,* Madrid, 1919, pág. 183); «me das las beatas» *(La Corte de los Milagros,* 1927, II, ix, pág. 54); «En las dos beatas van puestos los seis cuartos» *(Viva mi Dueño,* 1928, VII, ix, pág. 337).

bebecua (pág. 141): «bebida».

Belisario (pág. 127): general bizantino (fines del siglo V-565) bajo el emperador Justiniano. La leyenda le atribuye que, tras alcanzar grandes honores, le arrancaron los ojos y acabó su vida pidiendo limosna.

Belmonte (pág. 204): Juan Belmonte García (1892-1962), celebérrimo torero.

bellaquerías, hace las (pág. 67): «mantiene relaciones sexuales». Zamora Vicente lo señala como una cita de un romancillo de Góngora. (V. *Luces de Bohemia,* Madrid, 1970, pág. 70.)

Benito el Garbancero (pág. 82): Benito Pérez Galdós (1843-1920). No era esta la opinión del autor, pues siguió refiriéndose a él elogiosamente. «Galdós es —dice Valle-Inclán— en algunos momentos un escritor nuevo, un creador de idioma» *(Entrevistas,* pág. 550); «[...] don Benito Pérez Galdós. El maestro, en esta ocasión» («Paúl y Angulo y los asesinos del general Prim. V: Recuerdos», *Ahora,* Madrid, 20-IX-1935, pág. 5).

Benlliure (pág. 119): Mariano Benlliure y Gil (1862-1947), escultor y pintor valenciano muy afamado en su época. No sólo el autor sentía disgusto hacia su trabajo, publicaciones como *Blanco y Negro* (Madrid, núm. 455, 20-I-1900) caricaturizan a Benlliure como un vendedor callejero.

Biblioteca Real (pág. 54): se refiere a la biblioteca del British Museum, en Londres, donde se conserva el único ejemplar del *Palmerín de Inglaterra* (1547).

billetaje (pág. 210): «dinero en billetes». «—¿Es puro billetaje? / —Billetaje de a ciento» («La rosa de papel», *Retablo de la Avaricia, la Lujuria y la Muerte*, 1927, pág. 63); «Tengo en la bolsa un kilo de billetaje» («Las galas del difunto», *Martes de Carnaval,* 1930, VII, pág. 85). Aparece esta voz recogida en repertorios de argot actual (p. e., Ramoncín, *El tocho cheli,* 1993).

Blavatsky (pág. 142): Helena Petrona Hahn von Rottenstern (1831-1891) cambió su apellido al casarse con Nicéforo Blavatsky. Viajera impenitente y organizadora de la doctrina teosófica. Entre sus muchas publicaciones, *Isis sin velo* y *La doctrina secreta.*

boc (pág. 58): un «bock» o jarra de cerveza.

bola (pág. 84): «cabeza». «Estás con la bola desalquilada» (Pérez de Ayala, *Troteras y danzaderas,* pág. 223); «Se les va el vino enseguida a la bola» *(ídem,* pág. 385, ed. de A. Amorós, Madrid, 1972).

boni (pág. 119): v. **santi.**

Bradomín *(Dramatis,* págs. 38, 146): apellido y topónimo sin localización geográfica muy frecuente en la obra de don Ramón.

briago (pág. 93): (americ.) «borracho». «Un coronelito briago» *(Tirano Banderas,* 1927, pág. 52); «ese briago» *(ídem,* pág. 169).

Buey Apis (págs. 39, 41, 44, 168): personaje literario de una célebre novela del padre Coloma.

cabalatrina (pág. 112): «interpretación cabalística».

caballeros y hombres buenos (pág. 109): fórmula de saludo desusada. «Caballeros y hombres buenos, a la paz de Dios» *(La Corte de los Milagros,* 1927, VIII, xvi, pág. 323).

cachiza (pág. 76): (galleg.) «añicos, pedazos en que se rompe una cosa». Aquí el sentido es «destrozo». «Una gran mancha de vino, entre cachizas del jarro» *(Gerifaltes de Antaño,* 1909, pág. 53); «me hace cachizas el furricallo» *(Cara de Plata,* 1923, II, v, pág. 165); «saltó sobre la mesa, y haciendo cachizas» *(La Corte de los Milagros,* 1927, II, xii, pág. 63).

cachondear, cachondeo (pág. 152): «excito». Tampoco es descartable el sentido de «calmar el apetito sexual», a partir de «cachondar: desear sexualmente a alguien», que aparece en léxico marginal del Siglo de Oro.

cadáver, que haya un cadáver más (pág. 120): parodia un verso de Espronceda del final del «Canto a Teresa»: «truéquese en risa mi dolor profundo... / que haya un cadáver más, ¡qué importa al mundo!».

calvorota (pág. 208): «calvo». Alusión al torero Rafael Gómez que era calvo. «Rafael el Gallo no se quita nunca el sombrero ancho. La calva que en los ruedos relucía, no aparece jamás en el café» (A. Díaz Cañabate, *Historia de una tertulia,* Madrid, 1978, pág. 135). V. **Gallo, Rafael; espantá.**

camarrupa (pág. 142): término teosófico, generalmente escrito «kamarupa». Es una forma originada por los deseos y que sobrevive a la muerte de su creador. El sentido aquí es «espíritu vengador».

cambiar el agua (pág. 209): «orinar».
camelar, cameló (págs. 78, 154): (gitan.) «enamorar, querer». «Como mi agüela se entere de que nos camelamos» (Antonio A. Urbano, «Carolina», *Por esos mundos,* Madrid, julio de 1906, pág. 5); «Estoy camelando a la niña» *(La Corte de los Milagros,* 1927, V, xviii, pág. 2). También tiene el sentido de «engatusar». «Camelé a la mayoría / y tenemos Monarquía» *(Don Quijote,* Madrid, 30-V-1869); «Cómo camelan el oído esas frases poéticas» («Rosita», *Corte de Amor,* 1903, pág. 54). En la página 78 el sentido es «conseguir», jugando con el significado de «camelar» y «beata».
camelista (pág. 149): (gitan.) «engatusador, burlista». La voz «camelo» significa «engaño, cuento, mentira». «Camelo, palabra moderna de origen flamenco, con la cual se expresa el mal que hacemos al prójimo, a sabiendas de que lo hacemos» *(Gil Blas,* Madrid, 19-III-1868, pág. 1). «—Esta noche van adelantados todos los relojes de Madrid. / —Camelista» *(Viva mi Dueño,* 1928, IV, xiv, pág. 184).
camelo (pág. 118): «mentira, engaño». V. **camelista.**
caminar, caminas (págs. 68, 175): «marchas». Es frecuente en la obra de don Ramón el empleo de «caminarse» por «marcharse». «¿Cuando se camina, mi señor Marqués?» *(Sonata de Estío,* 1903, pág. 154); «¿Tú los has visto caminarse?» *(Romance de Lobos,* 1908, II, 3, pág. 113); «y se camina sin esperar» *(Águila de Blasón,* 1915, I, 2, pág. 21); «caminándose sin pagar el gasto» *(Tirano Banderas,* 1927, pág. 52); «Para usted que se camina, bueno está» *(La Corte de los Milagros,* 1927, IV, v, pág. 138).
Camo, Manuel (pág. 69): (¿-?) famoso político, conocido como cacique y periodista. Redactor de *Alto Aragón* en 1869, fundador y director de *El Diario de Huesca* (1875-1903).
cañí (págs. 79, 153): «de raza gitana; lengua gitana». «Un joven cañí lleno de sal» (E. Noel, *Señoritos chulos, fenómenos, gitanos y flamencos,* Madrid, 1916, pág. 216); «Un chaval cañí» *(Viva mi Dueño,* 1928, V, ix, pág. 204).

cañotas (pág. 180): «canillas». Tal vez del gallego «cañota», jugando con el sentido que tiene esta palabra en gallego de «caña del maíz cuando está seco».

capitalistas (pág. 108): puede entenderse como una ironía sobre la pobreza de los personajes, pero tampoco es descartable la acepción taurina: «Designación irónica del aficionado más modesto y entusiasta que se arroja oficiosamente al redondel a consumar alguna suerte, o a cargar en hombros al matador afortunado» (Cossío, *Los toros,* Madrid, 1995, pág. 354). (También en L. Besses, *Diccionario de argot español,* Barcelona, ¿1905?, pág. 46). Tendría así el sentido de «aficionados pobres y entusiastas de las letras y el periodismo».

carcunda (pág. 166): «persona de actitudes retrógradas». Hay un eco de la copla «Levántate carcunda, / que las cuatro son / y viene Espartero / con su división», que el autor recoge en *Viva mi Dueño* (1928, III, x, pág. 107).

cargo, hace el cargo (pág. 160): «se da cuenta». «Hágase usted el cargo» (F. Flores García, «Almendrita», *Por esos mundos,* Madrid, 1907, pág. 512); «¡Pues usted tiene luces para hacerse el cargo!» *(Viva mi Dueño,* 1928, VII, iii, pág. 318).

Carlos II (pág. 109): (1661-1700), rey de España llamado *el Hechizado.*

carrik (págs. 166, 170, 174, 209): «especie de gabán o levitón muy holgado». «Carrik color de plomo» (J. López Silva, *Los barrios bajos,* Madrid, 1898, pág. 26); «Se guardaba los periódicos en un bolsillo del carrik» *(Viva mi Dueño,* 1928, IX, viii, pág. 430).

Casa del Pueblo (pág. 72): se inauguró a finales de 1907, en la calle de Piamonte. Los gastos los sufragaron las casi cien sociedades obreras que se domiciliaron allí.

casar, caso (pág. 91): eufemismo para evitar la conocida expresión con «cagar». «¡Me caso en dié!» (P. Pérez Fernández, «Cosas del querer», *Por esos mundos,* Madrid, 1907, pág. 4); «me caso en la brisca» (C. Arniches, *Del Madrid castizo,* Madrid, 1919, pág. 151); «¡Me caso en Cristina!» *(Viva mi Dueño,* 1928, IV, i, pág. 151).

Castelar (págs. 64, 69): Emilio Castelar y Ripoll (1832-1899), político español al que se consideró como uno de los más elocuentes oradores.

Cavestany (pág. 119): Juan Antonio Cavestany (1861-1924), poeta y dramaturgo. También se dedicó a la política como conservador. El autor lo menciona críticamente en algunas ocasiones: «poetas de Casa y Boca Grilo y Cavestany» (Prólogo a *El pedigree,* Madrid, ¿1924?).

Cavia, Mariano de (pág. 89): (1855-1919), célebre periodista que colaboró en los principales diarios madrileños y al que se consideraba muy aficionado a la vida nocturna y a la bebida. Otra alusión en el prólogo al libro de R. Baroja *(El pedigree,* Madrid, ¿1924?): «de madrugada, discutían por las tascas, García y don Mariano».

cepones (pág. 50): «pesados, torpes». Tal vez del gallego «cepo: grueso, pesado». Puede pensarse también en una apócope del castellano «ceporro», que con diferente sentido al del texto emplea el autor, «No seáis cepos. Al marquesito hay que brindarle el primer morlaco» *(Viva mi Dueño,* 1928, V, vi, pág. 199).

cerdo triste (pág. 137): apelativo con el que se referían a Rubén Darío.

chalinas (págs. 92, 98, 101): la chalina, junto con el pelo largo y las pipas, eran elementos del atuendo modernista. «En los periódicos se reían de mis pelos largos y de mi cachimba, y me llamaban modernista» («Nuestras visitas. Emilio Carrere», *La Esfera,* Madrid, 4-XII-1915).

chamberilera (pág. 153): natural del barrio de Chamberí, en Madrid.

chanclear, chancleando (pág. 176): «haciendo ruido con los chanclos». Neologismo sobre la voz «chanclo: zapato grande de goma u otra materia elástica en que entra el pie calzado». Tampoco es descartable que sea una errata por «chancleteando».

chanelar, chanela (págs. 85, 112, 153): (gitan.) «entiende, comprende, sabe». «Si chanela tú que yo / estoy loquita por ti»

(Santiago y Tomás Infante, *Los dos compadres,* Madrid, 1851, pág. 54); «Usté no chanela» (López Silva y Fernández Shaw, *Sainetes madrileños,* Madrid, 1911, pág. 242); «Chanelan poca cosa de cristiano» *(Viva mi Dueño,* 1928, IV, iv, pág. 154).

charrascos (pág. 84): «sables». «Una mano en la visera y otra recogiendo el charrasco» *(La Corte de los Milagros,* 1927, VIII, XVI, pág. 326).

chica (pág. 141): «botella pequeña» (M. Seco, *Arniches y el habla de Madrid,* Madrid, 1970, pág. 326).

chispones (pág. 180): «achispados, borrachos». Creación sobre «chispo», popularmente «embriagado, borracho». «Miraba al ranchero con ojos chispones» *(Tirano Banderas,* 1927, pág. 178); «El Pollo Real, con los ojos chispones» *(Viva mi Dueño,* 1928, VIII, xii, pág. 397).

chivo loco (pág. 208): alusión al chivo como símbolo de la lujuria, del apetito sexual desenfrenado.

chola (pág. 84): «cabeza». «Nunca lleves sombrero sobre la chola» (J. Pérez Zúñiga, *Humorismo rimado,* Madrid, 1919, pág. 28).

chulo que un ocho (pág. 85): aunque se atribuye el origen de esta frase al tranvía madrileño número 8, creo que se debe a una frase popular sobre la obra del calígrafo español Iturzaeta. Así lo emplea el autor en *Viva mi Dueño* (1928, V, xxiii, pág. 238): «sale más jaquete que un ocho de Iturzaeta».

cifra (pág. 119): «modo vulgar de escribir música por números». «Se enseña en treinta lecciones la guitarra por cifra» («El trueno dorado», *Ahora,* Madrid, 26-III-1936, pág. 14).

cloquear, cloquea (pág. 178): «hace un ruido sordo». «El cloqueo campesino de sus zuecos» *(El Marqués de Bradomín,* 1907, II, pág. 95); «se puso en pie, haciendo cloquear las choquezuelas» (R. Pérez de Ayala, *Troteras y danzaderas,* ed. de A. Amorós, Madrid, 1991, pág. 75).

coime *(Dramatis,* págs. 37, 73): en la obra de don Ramón aparece con el valor de «señor», «mozo de taberna» (pág. 37) y también como «querido, chulo» (pág. 73). «El coime, con los brazos arremangados y mandilón de tabernero» *(La Corte de los Milagros,* 1927, II, xv, pág. 68). Con la acepción de «amante, chulo». «Ella recibe de su coime el dictado de Poca Pena» *(Divinas Palabras,* 1920, I, 1, pág. 15).

coleta (pág. 171): «cabello, pelo».

colgar, colgarme (pág. 64): «empeñarme». «(...) no me dejas un centavo / —¡Y qué hacerle, chinita! Llevas a colgar alguna cosa» *(Tirano Banderas,* 1927, pág. 149).

Conciencias (pág. 141): «personalidades individuales». La conciencia, siguiendo a los teósofos, «duerme en el mineral, sueña en la planta, sufre en el animal y tiende a la liberación en el hombre».

Corres, La (págs. 148, 209, 211): el famoso diario madrileño, *La Correspondencia de España* (1876-1924). «La información política de *La Corres»* (Dorio de Gadex, *Amor de reina,* Madrid, 1911, pág. 18); «otra *Corres* muy bien doblada» (S. y J. Álvarez Quintero, «Nena Teruel», *Teatro,* París, s. a., pág. 213).

cortinas (pág. 202): «residuos de líquido que quedan en el vaso». En *Viva mi Dueño* (1928, VII, v, pág. 324): «apuró la copa de aguardiente, y tiró la cortina».

corza, como la corza herida (pág. 65): no he localizado esta cita. Aparece en «La hija del capitán» *(Martes de Carnaval,* 1930, IV, pág. 321): «Huyo veloz como la corza herida». Debe ser una frase de la literatura clásica española, pues ya se halla en Pérez Galdós: «huía como la corza herida» *(La segunda casaca,* Madrid, 1976, pág. 84).

cráneo, me quito el (pág. 170): frase que muestra asombro y respeto ante algo excepcional. «He visto de él cosas que hay que quitarse no digo el sombrero, sino el cráneo» (E. Pardo Bazán, *La quimera,* ed. de M. Mayoral, Madrid, 1991, pág. 497).

Crisóstomo (pág. 85): en griego, «boca de oro».

cromos espeluznantes (pág. 50): los folletones solían ir adornados con ilustraciones más o menos truculentas.

cruces, haciendo cruces en la boca (pág. 65): «sin nada que comer».

cuadrar, cuadrase (pág. 152): (galleg.) «ocurriese, sucediese». En el castellano de Galicia se emplea con el sentido antedicho, además de «coincidir, corresponder». «Mañana cuadra la misa en San Martiño» *(Cara de Plata,* 1923, II, 3, pág. 130); «¡Y me busco un compromiso, si cuadra!» («Las galas del difunto», *Martes de Carnaval,* 1930, II, pág. 30).

cuála (pág. 157): «cuál». «Pero ¿cuálas?» (López Silva y Fernández Shaw, *Sainetes madrileños,* Madrid, 1911, pág. 97).

Cuatrivio (pág. 142): probablemente alusión al número cuatro, pero el autor emplea muy libremente los términos teosóficos, con un sentido muy vago, como en el caso de Potestades o de Voluntades.

cuello del gabán (pág. 111): alusión a la caspa, que se consideraba muestra de que la persona en cuestión era ingeniosa e inteligente.

cuerda (pág. 108): «clase, categoría». «A un pecador de mi cuerda no le basta la absoluta» («Sacrilegio», *Retablo de la Avaricia, la Lujuria y la Muerte,* 1927, pág. 305).

curda (págs. 85, 89, 91, 97, 109, 168, 205, 209): «borracho». «Era un curda romántico» *(Viva mi Dueño,* 1928, I, xv, pág. 27); «curda que mea el vino en la acera» *(ídem,* I, xix, pág. 34).

Darío, Rubén *(Dramatis,* pág. 140): uno de los más sobresalientes poetas del modernismo (1867-1916).

d'El Hijo (pág. 59): «de *El Hijo».* Reflejo de una pronunciación popular muy frecuente. «Un cajista d'*El Imparcial*» («Fin de un revolucionario», *Los novelistas,* Madrid, 15-III-1928, pág. 9). Debe notarse que no en todos los ejemplares de esta publicación ocurre esto; hay otros en los que reza «De *El Imparcial»;* «m'alegro de verte bueno» («Farsa y licencia de la reina castiza», *Tablado de Marionetas,* 1930, III, pág. 320).

Delega (págs. 85, 88): «comisaría». Abreviatura de «delegación». «Un viaje a la delega» (El Bachiller Corchuelo, «La última noche de un bohemio», *Por esos mundos,* Madrid, 1906, pág. 513); «Te conocerán en la Delega» (A. Pérez Lugín, «Ricardo Simó

Raso», *Por esos mundos,* Madrid, 1909, pág. 65); «He dormido en la delega» *(Tirano Banderas,* 1927, pág. 284).

Díaz, Narciso (pág. 112): Narciso Díaz de Escobar (1860-1935), periodista y escritor malagueño.

dilustrado (pág. 152): «ilustrado».

dimanar, dimana (pág. 177): «provoca, causa». «Esto lo dimanan las circunstancias» *(Tirano Banderas,* 1927, pág. 139); «lo dimanó la suerte» *(La Corte de los Milagros,* 1927, V, ix, pág. 206).

discretear, discreteado (pág. 112): discretear es «usar en la conversación oportunamente de los chistes, agudezas, sales, equívocos y conceptos» *(Diccionario de Autoridades).* V. **Silvela.**

Docta Casa (págs. 120, 202, 203): el Ateneo de Madrid. «La inauguración del curso en el Ateneo [...] digna de las tradiciones de aquella docta casa» *(El Imparcial,* Madrid, 30-IX-1919, pág. 3); «Narrar unos hechos en el ambiente que yo conocí a mi paso por la Docta Casa» (Juan Martínez Gómez, *Cincuenta años al servicio del Ateneo de Madrid,* Madrid, 1974, pág. 17).

Doctrina del Karma (pág. 112): la teosofía. V. **Blavatsky.**

Dos de Mayo (pág. 73): referencia al motín madrileño contra las tropas napoleónicas del 2 de mayo de 1808, que fue seguido de una sangrienta represión.

eironeia (pág. 135): «ironía», término griego.

Elementales (págs. 141, 142): teosóficamente, los espíritus de los elementos, y «también las criaturas evolucionadas en los cuatro reinos o elementos —tierra, aire, fuego y agua».

Elisabeth (pág. 58): a pesar de la grafía, debe referirse a la reina de inglaterra Elizabeth I (1533-1603). V. **asilo.**

empalmar, empalmado (pág. 210): «preparado para atacar con la navaja». El arma se oculta en la mano o en la manga, abierta o no, y también una vez abierta se sujeta la hoja con el pulgar, tapándola con los dedos extendidos en un gesto de aviso o de amenaza. «¡Que está empalmado!» *(Farsa y Licencia de la Reina Castiza,* 1922, II, pág. 97); «Empálmate el facón» («La cabeza del Bautista», *Retablo de la Avaricia, la Lujuria y la Muerte,* 1927, pág. 285).

en fuerza de (pág. 197): «a causa de, por virtud de».

Enano de la Venta (págs. 82, 83): personaje ficticio al cual se alude cuando alguien profiere bravatas o amenazas que luego no puede cumplir.

enarenada (pág. 75): se arrojaba arena en las calles cuando se presumían disturbios que hiciesen necesaria la actuación de guardias a caballo, pues la arena evitaba que resbalasen las caballerías.

encurdado (pág. 183): «emborrachado». V. **curda.**

entodavía (pág. 62): «todavía». Vulgarismo frecuente y con diversas formas. «¡No sabes tú entodavía / lo decente que soy yo!» *(Madrid Cómico,* Madrid, 3-VII-1886, pág. 4); «pa mí entoavía estaba lejos» (A. Casero, *La gente del bronce,* Madrid, 1896, pág. 75); «estas castellanas andan entavía lo mismísimo que en los días que las viera» (E. Noel, *Las siete cucas,* Madrid, 1927, pág. 126); «El alma, yo entodavía no la he visto» *(Los Cruzados de la Causa,* 1908, pág. 101).

entrapar, entrapados (págs. 50, 55): (galleg.) «cubiertos con trapos». El autor usa esta voz con el sentido que tiene en la lengua gallega de «envolver, cubrir con trapos». En la página 55 el sentido es «silencioso», al llevar los pies cubiertos de trapos.

Escolapios, Colegio de los (pág. 70): orden creada por San José de Calasanz, cuyas escuelas tuvieron mucha fama.

escombro, hacen escombro (pág. 50): «estorban, dificultan el paso». En otras ocasiones emplea el neologismo «escombrar»: «Los voluntarios que dormían escombrando el paso» *(Gerifaltes de Antaño,* 1909, pág. 43); «Un carro de toldo (...) escombra el corral» *(Viva mi Dueño,* 1928, VII, xvii, pág. 356). Julio Casares lo considera un galicismo, de «encombrer: estorbar, impedir, obstruir» *(Crítica profana,* Madrid, s. a., pág. 43, *O.C.,* 2.ª ed.).

espantás (pág. 208): «espantadas». Se refiere al torero Rafael Gómez, *el Gallo,* del que dice Cossío: «Pasó de las sublimidades de hacer arte [...] al ridículo de la huida más descarada y descompuesta: huidas que llegaron a tomar el nombre característico de *espantadas* y que fueron como privativas de el Gallo, aunque en esto tuvo sus imitadores» *(Los toros,* Madrid, 1995, vol. II, pág. 482).

Espartero (pág. 155): el torero Manuel García Cuesta (1865-1894), al que se dedicaron innumerables coplas. El autor lo menciona en otras ocasiones: «¡Pues cuál va a ser! ¡Manolo el Espartero!» («Rosita», *Corte de Amor,* 1903, pág. 16); «—¡Ahí están las abominables coplas de Joselito! / —A usted le gustan las del Espartero» («Los cuernos de Don Friolera», *Martes de Carnaval,* 1930, Prólogo, págs. 110-111).

Esperpento, esperpentismo (págs. 167, 168, 213): denominación del autor para su nuevo género dramático, tomando un término que era ya popular para designar «cosas o personas feas o extravagantes; malas obras de teatro». (Véase Taller de lectura, págs. 249-252).

Estigia (pág. 138): laguna mitológica que cruzaban los muertos en la barca de Caronte para llegar al Hades.

Estrella, Max *(Dramatis,* pág. 39): en general se le identifica con Alejandro Sawa (1862-1909). (Véase Taller de lectura, págs. 238-241).

estupendo, no te pongas (págs. 139, 164): irónicamente «no digas tonterías, no seas majadero».

extravagar, extravaga (págs. 108, 136): (galleg.) «sale del orden, de la proporción, de lo normal». El verbo *extravagar* existe en gallego con el sentido indicado, y aparece varias veces en la obra del autor. «El ilustre gachupín extravagaba por los más encumbrados limbos la voluta del pensamiento» *(Tirano Banderas,* 1927, pág. 293); «el flujo de acciones extravagantes al núcleo» *(ídem,* pág. 312); «puede ser un impulso extravago y puede tener una órbita» *(La Corte de los Milagros,* 1927, VIII, xi, pág. 306).

Fantomas (pág. 204): personaje de los prolíficos folletines de Pierre Souvestre (1874-1914) y Marcel Allain (1885-1969);

Fantomas es un delincuente que se caracterizaba por sus disfraces, apariciones y desapariciones misteriosas, como si fuese un fantasma.

Fariseo, Gran (pág. 91): alusión a Maura por su origen supuestamente judío. V. **judío, Maura.**

Felipe II (pág. 110): rey de España (1527-1598).

finado difunto (págs. 62): expresión popular que emplea la redundancia con valor intensificativo. «La finada difunta» *(Divinas Palabras,* 1920, I, iv, pág. 57); «El finado difunto» («Las galas del difunto», *Martes de Carnaval,* 1930, VI, pág. 77).

flamenco (págs. 92, 157, 207): «airoso, garboso, chulo». «Una vecina muy flamenca» («Los cuernos de Don Friolera», *Martes de Carnaval,* 1930, II, pág. 124).

fondo de los Reptiles (pág. 132): fondos secretos que administraban algunos Ministerios para asegurarse favores o para sobornos. (Véase Taller de lectura, pág. 234).

fripón (pág. 185): es difícil precisar el sentido de esta voz. Existe en francés, «bribón, pillo», pero es posible que el autor tuviese en mente la voz «flinflón» o «frinfrón», ya presente en el teatro de Cervantes y de Calderón, que el *Diccionario de Autoridades* define: «hombre de presencia abultada, fresco de cara, y rubio, como alemán u otra nación del Norte».

fuga, intento de (pág. 104): el 19-I-1921, en Barcelona, la policía conducía esposados a cuatro obreros sindicalistas. Tres de ellos fueron muertos a tiros por la fuerza que los custodiaba y el cuarto quedó gravemente herido. El jefe de la fuerza pública dio parte por escrito diciendo que habían intentado escapar, y de ahí el triste nombre de «ley de fugas». A veces se daba libertad a los presos gubernativos a altas horas de la noche y unos cuantos metros más allá eran asesinados por pistoleros de servicio. (Véase Taller de lectura, pág. 223).

Gaceta, La (pág. 135): *La Gaceta de Madrid.* En 1931, pasó a llamarse *Gaceta de la República,* y en 1936, *Boletín Oficial del Estado.*

gachí (págs. 208, 212): (gitan.) «muchacha, chica». «La gachí no vale dos pesetas» (E. del Val, «La juerga», *Madrid Cómico,* Madrid, 5-III-1887, pág. 6); «que afusilemos a la gachí» *(Los Cruzados de la Causa,* 1908, pág. 88); «¡menuda cara tié la gachí!» (López Silva y Fernández Shaw, *Sainetes madrileños,* Madrid, 1911, pág. 84).

gachó (págs. 106, 154, 187): (gitan.) «hombre, individuo». «Le corto la nuez / al primer gachó que venga» (J. López Silva, «En la Alhambra», *Madrid Cómico,* Madrid, 6-III-1886, pág. 6); «¿Qué es un duro, gachó?» *(Farsa y licencia de la Reina Castiza,* 1922, II, pág. 64); «¡Vaya pestaña la del gachó!» *(Viva mi Dueño,* 1928, II, i, pág. 37).

Gadex, Dorio de *(Dramatis,* pág. 79): seudónimo de Antonio Rey Moliné (¿-1936), escritor y periodista.

gaita (pág. 62): «pescuezo». «Alargó la gaita hacia aquel extremo» (B. Pérez Galdós, *Prim,* Madrid, 1980, pág. 28).

Gallito (pág. 204): v. **Gómez, José.**

Gallo (pág. 204): v. **Gómez, José.**

Gallo, Rafael, el (pág. 82): Rafel Gómez Ortega (1882-1960), torero famoso por abandonar intempestivamente la plaza, lo que causaba todo tipo de desórdenes. V. **espantás.**

García Prieto (pág. 116): Manuel García Prieto (1860-1938), marqués de Alhucemas, abogado y político de gran influencia en su época. Amigo y familiar de Montero Ríos, del que era yerno. Debe referirse a la segunda vez que forma Gobierno en noviembre de 1917, hecho que fue muy criticado. V. **yerno.**

Garnier (pág. 117): importante casa editorial francesa. Es abundante la nómina de españoles que trabajaron en esta editorial, entre ellos, Alejandro Sawa y Ernesto Bark, tal y como describe Isidoro López Lapuya *(La bohemia española en París a fines del siglo pasado,* París, s. a., 414 págs.).

gatas, no te pongas a gatas (pág. 41): «no te menosprecies». Es una muestra del mal castellano de Madame Collet, junto con otras formas como la confusión de «ser» por «estar», o «acordar» por «acordarte».

gatera (pág. 193): «pillo». «Ese Ruiz es un gatera» (Sinesio Delgado, «Pícaros hombres», *Madrid Cómico,* Madrid, 2-VI-1886, pág. 6); «y tú eres el gatera, el de pestaña / el que las ve venir» *(Farsa y Licencia de la Reina Castiza,* 1922, I, pág. 49).

Gato, callejón del (págs. 168, 169, 170): existían unos espejos cóncavos y convexos en la calle del Gato, que eran muy populares.

Gnosis (pág. 141): «conocimiento».

golfantes (pág. 72): «golfos». «El golfante del organillo» («La hija del capitán», *Martes de Carnaval,* 1930, *Dramatis personæ,* pág. 269).

Gómez, José (pág. 204): José Gómez Ortega, apodado *Joselito* y *Gallito* (1895-1920), una de las grandes figuras de la fiesta española. Su muerte, acaecida en Talavera, causó una enorme conmoción.

gori-gori (pág. 173): alusión al canto fúnebre de los entierros, anunciando una futura muerte o desaparición. «Lejos de cantarles el gorigori, las he reverenciado siempre» (Ramón Campoamor y Juan Valera, *La metafísica y la poesía,* Madrid, 1891, pág. 177); «¡Gori, gori, que la diña!» *(La Corte de los Milagros,* 1927, VIII, xiv, pág. 313).

gorra (pág. 210): la gorra de seda era un elemento típico del atuendo de los castizos madrileños. Por ejemplo: «con mis botitas de caña / con mi gorrilla de seda» (López Silva y Fernández Shaw, *Sainetes madrileños,* Madrid, 1911, pág. 111); «Paco el metralla [...] sus botas de caña [...] su gorrilla» (C. Arniches, *Del Madrid castizo,* Madrid, 1919, pág. 77); «le asoma un bucle fuera de la gorrilla» («La hija del capitán», *Martes de Carnaval,* 1930, I, pág. 271).

Goya (pág. 168): Francisco de Goya (1746-1828).

gris (pág. 76): «aire frío». «Corre un gris más fino que joven diplomático» *(Farsa y Licencia de la Reina Castiza,* 1922, II, pág. 133).

gritos internacionales (pág. 93): «gritos subversivos».

guardia valona (pág. 185): Zamora Vicente indica que la frase proviene de unos versos de *El barberillo de Lavapiés:* «Los guardias valonas, / fiel a su canción, / siempre llegan tarde / a la procesión». (V. *La realidad esperpéntica,* Madrid, 1983, pág. 136.)

guasíbilis (pág. 150): «guasa». Uso del sufijo «-bilis» con afán de comicidad. «No son circunstancias para el guasíbilis, niña» («El trueno dorado», *Ahora,* Madrid, 16-IV-1936, pág. 14).

guindillas (págs. 92, 94, 151): «guardias». Denominación popular, junto con la de «guindas», de los guardias municipales. «—¡Que se matan! / —¡Los guindillas!» (S. Delgado, «Croquis nocturnos», *Madrid Cómico,* Madrid, 11-III-1883, pág. 3); «Le detuvo un guindilla» *(Viva mi Dueño,* 1928, III, iv, pág. 93); «los guindas madrileños son más humanos» («Baza de espadas», *El Sol,* Madrid, 26-VI-1932, pág. 2).

guipar, guipa (pág. 134): «ve, mira». «Pero en guipando / cierta mujer» *(El Gato,* Madrid, 2-XII-1868, pág. 2); «¿No has guipao, Maruca?» (W. Ayguals de Izco, *María. La hija de un jornalero,* Madrid, 1882, vol. II, pág. 55); «Paco guipó por el aire su seña» *(La Corte de los Milagros,* 1927, VI, iii, pág. 234).

Hamletos (pág. 197): aunque pueda extrañar el nombre, así es como se denominó el célebre personaje en su primera representación en España. El texto en cuestión era la obra de Jean François Ducis *Hamlet* (1769), que fue traducida al español por Ramón de la Cruz con el título de *Hamleto, Rey de Dinamarca.* La obra se estrenó en octubre de 1772 en Madrid. La siguiente traducción de esta tragedia creo que fue la de Moratín, en 1798, ya con el título de *Hamlet.*

Heraldo, El (págs. 112, 211): el diario *El Heraldo de Madrid* (1890-¿1939?).

Hermes (pág. 43): personaje mitológico al que se suele representar de varias formas, una de ellas es un hombre robusto con barba y abundante cabello rizado, cuyos mechones le caen sobre los hombros.

herramienta (pág. 210): «navaja». Una de las muchas denominaciones populares para esta arma. «Pero te azvierto / que no traigo herramienta» (J. López Silva, «Entre caballeros», *Madrid Cómico,* Madrid, 7-V-1887, pág. 6); «—¡La herramienta! / —¡No la precisas!» *(La Corte de los Milagros,* 1927, IV, vii, pág. 145); «El chulo se volvió, tanteándose la herramienta» («Baza de espadas», *El Sol,* Madrid, 17-VI-1932, pág. 2).

Higiene (pág. 150): la inspección de higiene que se realizaba a las prostitutas, hecho que frecuentemente sirvió para todo tipo de abusos. Juan de la Cierva y Peñafiel, en su época de gobernador de Madrid —hacia 1902—, dice: «me explicó los ingresos que otras veces se obtenían. Me preguntó cuánto deseaba que se recaudara de la higiene. Esos ingresos dependían de que se apretara más o menos a las infelices mujeres, para pagar a los médicos, el coche del Gobernador, y los gastos que éste dispusiera» *(Notas de mi vida,* Madrid, 1955, pág. 53).

Hijas de María (pág. 58): organización de damas católicas que se formaba en cada parroquia.

Hijo de la difunta, El (pág. 59): no localizado. Puede ser una invención del autor o tal vez un título real de los muchos novelones por entregas que se publicaron en la época.

Homero (pág. 127): supuesto autor de la *Ilíada* y la *Odisea* (siglo VIII a. C.), y al que se le considera ciego.

Hugo, Víctor (págs. 96, 172, 179): célebre autor francés (1802-1885).

humear, humeando (pág. 92): «fumando». Aunque Julio Casares abominaba esta voz —«Valle-Inclán, para distinguirse de todos los demás españoles, que escriben *fumar* (un cigarrillo), ha inventado el verbo activo *humear» (Crítica profana, O.C.,* 2.ª ed., Madrid, s. a., pág. 50)—, no está sin tradición literaria. «El hecho de fumar, o sea, de humear, de expeler humo» (Pedro A. de Alarcón, *Cosas que fueron,* Madrid, 1882, pág. 289). Aparece con frecuencia en la obra de don Ramón, ya desde su primer libro: «no podía pasarse sin humear un habano» *(«La Generala», Femeninas,* 1895, pág. 167).

Ibsen (pág. 80): Henrik Ibsen (1828-1906), célebre dramaturgo.

iluminado (pág. 116): «borracho». «*Alumbrado* como *iluminado* son términos venidos de la esfera religiosa y que después, humorísticamente, han tomado el sentido de *bebido»* (W. Beinhauer, *El español coloquial,* Madrid, 1991, pág. 182).

Imperio, Pastora (pág. 158): Pastora Rojas (1889-1979), célebre bailarina con el nombre artístico de Pastora Imperio.

implorante (pág. 92): v. **suspirante.**

Infanta (pág. 203): María Isabel Francisca de Asís de Borbón (1851-1931), apodada *La Chata* y personaje muy popular. El autor la menciona en otros títulos *(Los Cuernos de Don Friolera, La Hija del Capitán),* y en el prólogo a la obra de Ricardo Baroja *El pedigree* (Madrid, ¿1924?): «La infanta Isabel estaba en todos los teatros vestida de verde, y se dormía en todos los conciertos».

ingleses, se lavan mucho los ingleses (pág. 59): la sorpresa ante la higiene inglesa aparece en otros autores. Martínez Sierra, hablando de Londres, dice: «la tercera y más honda [sorpresa], el baño a toda agua y plena tibieza, en el cuartito *ad hoc,* sueño de poetas ricos en España, y que no falta en ninguna modesta casa de Londres» *(El peregrino ilusionado,* Madrid, 1921, pág. 259). Manuel Bueno comenta en el artículo «A ocho días vista» que «en Francia como en España, cuando un hombre baila con una mujer, podrá decirla de cien casos en noventa, galantemente: "Señorita, a usted o a mí nos huele el sobaco", para concluir que con la excepción de Inglaterra, el baño es una costumbre escasa» *(El Imparcial,* Madrid, 7-IX-1924, pág. 2).

integrar, **integra** (pág. 76): «pone nuevo».

intelectual (pág. 204): se le llamaba así a Belmonte por su afición a la lectura y sus relaciones con artistas e intelectuales de la época.

intento, a (pág. 210): «a propósito».

institucionista (pág. 135): el autor usa esta voz con el sentido de «conformista, partidario del orden y de las normas instituidas».

introducir, introduzcas (pág. 71): «metas». Uso del cultismo en el habla popular. «Haiga venido a introducir los remos / un cimbel sin decoro ni crianza» (López Silva y Fernández Shaw, *Sainetes madrileños,* Madrid, 1911, pág. 12).

Isabel (pág. 117): Isabel II (1830-1904), que se exilia en Francia después de la revolución de 1868 y fija su residencia en París. El personaje, al decir que escribió en su defensa, muestra su pasado político carcunda.

Jaime, Don (pág. 70): Jaime de Borbón y Parma (1870-1931); para los carlistas, Jaime III. En la primera década del siglo fueron frecuentes los viajes del pretendiente carlista a España, llegando incluso a conceder entrevistas. (Véase Taller de lectura, pág. 225).

jaleo (pág. 67): «movimiento exagerado». «Los matadores, envueltos en las capas de luces, con jaleo de brazo y cadera, recorrían el coso» *(Viva mi Dueño,* 1928, V, xv, pág. 219).

jarra, hago la (pág. 77): «pagar, invitar». Indica el gesto de llevarse la mano al bolsillo y coger dinero. «Se abre de capa y hace la jarra» *(Viva mi Dueño,* 1928, III, xiv, pág. 116); «hace la jarra, y en la palma de la morena deja una blanca» *(ídem,* 1928, IV, iii, pág. 152).

javiques (pág. 187): voz no localizada.

Jefe de Obra (pág. 82): «obra maestra». El personaje traduce literalmente la expresión francesa *chef d'oeuvre* (jefe de obra).

Joselito (pág. 154): v. **Gómez, José.**

Journal (pág. 109): (galic.) «diario».

judío (pág. 91): se refiere a Antonio Maura. Era de origen mallorquín y se le consideraba un chueta. V. **Maura.**

Juventud, divino... (pág. 110): cita los primeros versos de la «Canción de otoño en primavera», por Rubén Darío: «Juventud, divino tesoro, / ya te vas para no volver» *(Muy antiguo y muy moderno,* Madrid, 1915, pág. 141).

karma (págs. 112, 142): teosóficamente, ley de acción y consecuencia de los actos antes realizados y destino que de ellos se deriva.

kilo (pág. 210): «gran cantidad». «Tengo en la bolsa un kilo de billetaje» («Las galas del difunto», *Martes de Carnaval,* 1930, VII, pág. 85).

lagarto (págs. 90, 134): interjección que suele usarse supersticiosamente para alejar el peligro imaginario que traen algunas personas o cosas. «El Curro hizo los cuernos con la zurda: ¡Lagarto! ¡Lagarto!» *(Viva mi Dueño,* 1928, V, x, pág. 206); «¡Lagarto! ¡Lagarto! Esa bruja me da espeluznos» («Los cuernos de Don Friolera», *Martes de Carnaval,* 1930, II, pág. 131).

Latí (págs. 202, 205-207, 209-212): abreviatura de Latino, muestra de la abundancia de la apócope en el lenguaje madrileño, como *Corres,* propi, poli...

laurel (pág. 60): en Galicia era frecuente colocar ramas de laurel en las tiendas y tabernas, pues se consideraba que, entre otras virtudes, protegían y fomentaban el comercio. «Una taberna [...] el ramo de laurel seco» *(Viva mi Dueño,* 1928, I, vi, pág. 15).

Lenin (pág. 56): Vladimir Ilich Ulianov, Lenin (1870-1924), famoso revolucionario ruso y uno de los jefes del partido Bolchevique que derrocó la monarquía zarista e inició la Revolución rusa.

lila (pág. 212): (gitan.) «tonto». «Usted es el lila / que hace tiempo la corteja» (J. Pérez Zúñiga, «La ascensión», *Madrid Cómico,* Madrid, 14-IV-1888, pág. 6); «Mira tú si soy lila» (R. María Liern, «Borrador de una carta», *ídem,* Madrid, 13-VII-1889, pág. 6); «un sinvergüenza y un lila» (López Silva y Fernández Shaw, *Sainetes madrileños,* Madrid, 1911, pág. 54).

Lira Hispano-Americana, La (págs. 117, 139): publicación no localizada; probablemente sea un título inventado por el autor.

Lucía, Santa (pág. 87): (s. III), según la leyenda, se arrancó los ojos, reputados como bellísimos, para no tentar a uno de sus pretendientes. Se la considera abogada de los ciegos.

lunáticos (pág. 75): «maniáticos».

lunero (págs. 83, 148): «iluminado por la luna; resplandor de la luna». «El lunero tejado del molino» *(La Corte de los Milagros,* 1927, IV, xv, pág. 160); «la boca lunera del silo» («Sacrilegio», *Retablo de la Avaricia, la Lujuria y la Muerte,* 1927, pág. 335); «claustros luneros» *(Tirano Banderas,* 1927, pág. 353).

luz (pág. 62): «dinero». «Mientras tenga luz (dinero) / un Conde, que es la bujía / que ahora está en candelero» («Las hijas de Eva», *Madrid Cómico,* Madrid, 18-XI-1883, pág. 5); «Ah, vamos, falta de luz» (A. Palacio Valdés, *La espuma,* ed. de G. Gómez Ferrer, Madrid, 1990, pág. 230); «¡Que haya luz!» *(Viva mi Dueño,* 1928, III, xxiii, pág. 141).

macferlán (pág. 76): (anglic.) por el apellido Macfarlane, presunto creador de esta prenda de vestir. Consistía en un abrigo sin mangas, con aberturas para los brazos y esclavina sobrepuesta.

madama (págs. 39, 49, 176, 178, 187, 188, 189, 207): «señora». Vulgarización de la voz francesa *madame.* «Dos velas rizadas y pintadas como dos madamas» *(Romance de Lobos,* 1908, III, 1, pág. 184); «¡Así son todas las madamas!» *(El Yermo de las Almas,* 1914, Prólogo, pág. 27); «otras madamas risueñas» *(La Corte de los Milagros,* 1927, I, ix, pág. 30).

madame *(Dramatis,* pág. 37): voz francesa, «señora».

Magia (pág. 141): con el sentido teosófico de «estudio de las facultades latentes en la Naturaleza».

magismo (pág. 113): «práctica de la magia». V. **Magia.**

¡Mal Polonia recibe...! (pág. 51): v. **Polonia.**

mancuerda (pág. 99): «recibir una paliza, ser torturado». En el original reza «mancuerna», que es una errata.

mangue (pág. 210): (gitan.) «yo, mí, conmigo...». «Por quien está es por mangue» («Picadillo II», *Madrid Cómico,* 15-VIII-1885, pág. 6); «pus para qué pasa mangue / todos los días a las ocho» (S. Delgado, «La fuente de la teja», *ídem,* 24-IX-1887, pág. 6); «la que tú con mangue trajiste, no se diga» *(Farsa y Licencia de la Reina Castiza,* 1922, III, pág. 134).

Manolo (pág. 67): aunque el nombre del personaje es Gorito, le llama así por el último rey de Portugal, Manuel II, destronado en 1910.

Martín de Tours (pág. 140): (316-397), santo famoso por su caridad. Se dice que al salir de Amiens, viendo un hombre casi desnudo pidiendo limosna, sacó su espada y dividió en dos su capa para dársela al pobre.

Mateo (pág. 105): en el nombre hay una reminiscencia del anarquista Mateo Morral (1880-1906), que atentó contra los reyes de España el 31 de mayo de 1906, pero también reminiscencias religiosas. (Véase Taller de lectura, págs. 236-237).

Maura (págs. 81, 91, 118, 137, 148, 204): Antonio Maura (1853-1925), político conservador; fue jefe de Gobierno, entre otras ocasiones, en 1918, 1919 y 1921. Su impopularidad en esos años era muy grande. Tal y como lo recuerda un político de su cuerda: «Maura, no; Cierva, no; era el grito de guerra en España» (Juan de la Cierva y Peñafiel, *Notas de mi vida,* Madrid, 1955, pág. 156).

Mausoleo (pág. 199): v. **Artemisa.**

mejores que los hacéis (pág. 81): parece una errata por «mejores que los que hacéis».

melopea (pág. 63): «peseta». «Hágame usted restitución de una melopea» *(Viva mi Dueño,* 1928, VII, iii, pág. 316).

miau (págs. 61, 169, 211): «no». También sirve para expresar burla, desconfianza. «—No le faltó ni un ochavo. / —¡Miau!» (J. López Silva, *Los barrios bajos,* Madrid, 1898, pág. 58); «—No da el negocio para tanto. —¡Miau!» («Los cuernos de Don Friolera», *Martes de Carnaval,* 1930, VII, pág. 196); «La rubiales engalló el moño: ¡Miau!» («Baza de espadas», *El Sol,* Madrid, 16-VI-1932, pág. 2).

Minerva (pág. 128): mitológica diosa de la inteligencia, la sabiduría y las artes.

Miserables, Los (pág. 203): una de las más famosas novelas de Víctor Hugo publicada en 1862.

monstruo (pág. 201): indica que los versos están aún muy poco pulidos. Por tradición familiar, sé que don Ramón denominaba «monstruos» a sus trabajos cuando no los juzgaba preparados para ir a la imprenta.

morganática (págs. 66, 67): «amante». Expresión que se empleaba para referirse a un matrimonio no legalizado civil ni canónicamente. «Mi esposa morganática» (López Silva y Fernández Shaw, *Sainetes madrileños,* Madrid, 1911, pág. 12).

mulé, dado mulé (pág. 78): (gitan.) «matado». «Dos estoques / de dar mulé» (J. Borrás, «El vacío», *Madrid Cómico,* Madrid, 19-XII-1885, pág. 7); «si le dan mulé» *(La Corte de los Milagros,* 1927, VI, iii, pág. 231); «antes vería de darle a usted mulé» («Baza de espadas», *El Sol,* Madrid, 16-VI-1932, pág. 2).

naturaca (págs. 71, 205): «naturalmente». «Han inventado estas tres palabras *socia, hule* y *naturaca*» (E. Noel, *Señoritos chulos, fenómenos, gitanos y flamencos,* Madrid, 1916, pág. 319); «quiere hablar al Rey, y, naturaca, / Ulpiano Torroba que haga el ruego» *(Farsa y Licencia de la Reina Castiza,* 1922, II, pág. 65); «—Entonces lo mejor será marcharse. / —Naturaca» (Dorio de Gadex, *Amor de reina,* Madrid, 1911, pág. 16).

negro (pág. 137): alusión a la piel oscura de Rubén Darío. Además, la voz «negro» se usa en Suramérica como afectivo.

neomaltusiano (pág. 114): partidario del economista Thomas Malthus (1766-1834), quien defendió la teoría de que la Humanidad estaba condenada a morir de hambre a menos que la población fuese reduciéndose. Sus teorías fueron el origen del movimiento de control de la natalidad.

nota más baja que el cerdo (pág. 82): era —¿es?— habitual entre músicos y coros populares empezar la afinación diciendo «da una octava más baja que el cerdo».

Número (pág. 142): alusión al número cuatro o Tetrada que representaba para los teósofos —siguiendo a Pitágoras— el número más perfecto y la raíz de todas las cosas.

nuncio, visita el (pág. 156): «tengo la menstruación».

Ofelia (pág. 196): personaje de la obra *Hamlet,* de W. Shakespeare.

Onital (pág. 113): juego con las letras del nombre del personaje Latino. No conozco el significado cabalístico del término.

Orbes, Los (pág. 111): publicación no localizada, posiblemente invención del autor.

Padre y Maestro... (pág. 79): cita los primeros versos de la composición de Rubén Darío «Responso a Verlaine»: «Padre y maestro mágico, liróforo celeste» *(Muy antiguo y muy moderno,* Madrid, 1915, pág. 195).

Palmerín de Constantinopla (pág. 54): se refiere a la obra *Palmerín de Inglaterra,* pues en ella el protagonista es nieto de un emperador de Constantinopla. Valle-Inclán empleó un fragmento del dibujo de la cubierta de esta obra, en su primera edición, al publicar «Rosita» *(La Novela Corta,* Madrid, 13-X-1917).

pan de higos (págs. 154, 157): «la virginidad femenina». «A ti no te perdona el haberte llevado el pan de higos» *(Viva mi Dueño,* 1928, II, xvii, pág. 80); «Si otro se ha llevado el pan de higos, que no se queje» («El trueno dorado», *Ahora,* Madrid, 16-IV-1936, pág. 14).

panoli (pág. 150): «tonta, infeliz». «Señora, no sea usted panoli» (Córcholis, «Memorias íntimas del teatro», *Por esos mundos,* Madrid, 1906, pág. 118); «fue, en los primeros pasos, un panoli» (E. Noel, *Las siete cucas,* Madrid, 1927, pág. 180); «hizo una mueca de valentón: ¡Panoli!» *(La Corte de los Milagros,* 1927, II, vii, pág. 48).

pañosa (pág. 64): «capa». «He empeñado la pañosa» (Vital Aza, «La sultana de Alí-Fonso», *Madrid Cómico,* Madrid, 24-II-1884, pág. 7); «calándose el hongo, recogiendo la pañosa» (E. Pardo Bazán, *La quimera,* ed. de M. Mayoral, Madrid, 1991, pág. 246); «Jugó la pañosa» *(Viva mi Dueño,* 1928, II, vi, pág. 46).

pápiros (pág. 140): «billetes de banco». «Es más mío que estos pápiros» (E. Noel, *Señoritos chulos, fenómenos, gitanos y flamencos,* Madrid, 1916, pág. 182); «más pápiros que tiene el

Banco de España» («Los cuernos de Don Friolera», *Martes de Carnaval,* 1930, VI, pág. 183).

parecer, parece (pág. 66): «aparece». «La oveja no ha parecido ni parecerá» («Tragedia de ensueño», *Jardín novelesco,* 1905, pág. 61); «ni han parecido por aquí esos señores» *(Viva mi Dueño,* 1928, V, xxiii, pág. 236).

parné (pág. 79): (gitan.) «dinero». «¿Son parneses?» *(La Gorda,* Madrid, 6-II-1869, pág. 2); «y larga muchos parneses» *(Don Quijote,* Madrid, 15-IV-1869); «yo no necesito parneses» (A. Reyes, «A punta de capote», *Por esos mundos,* Madrid, 1910, pág. 156); «¡Necesito a toca teja parné!» *(La Corte de los Milagros,* 1927, VIII, xvii, pág. 328).

Pasa, calle de la (pág. 208): se emplea como sinónimo de matrimonio. En la calle de la Pasa existían las oficinas de la Vicaría donde se arreglaban los documentos necesarios. «Tiemblo sin saber por qué, / cuando me encuentro en tu casa; / ¿será que me juzgo cerca / de la calle de la Pasa?» *(Gil Blas,* Madrid, 13-VI-1867, pág. 4); «luego en la calle de la Pasa / o en la del Pez, se casa» *(ídem,* 26-XI-1868, pág. 3).

Pazo (pág. 201): voz gallega aceptada en el *DRAE.* «Casa solariega, especialmente la edificada en el campo». Es frecuente en la obra de don Ramón.

pelma, dar la (págs. 202, 209): «dar la lata». En la obra del autor aparece también «dejar la pelma». «¡Deja la pelma!» *(La Corte de los Milagros,* 1927, VI, iii, pág. 234); «Enjabóname la cresta y deja la pelma» («Sacrilegio», *Retablo de la Avaricia, la Lujuria y la Muerte,* 1927, pág. 324).

peluca (págs. 152, 189): «cabellera».

periodista *(Dramatis,* págs. 62, 211): «vendedora de periódicos».

pindonga (pág. 156): «mujer callejera amiga de ir de un sitio a otro». Tiene generalmente un matiz muy despectivo. «Algún día se acordará ella y todas esas pindongas» (E. Noel, *Las siete cucas,* Madrid, 1927, pág. 68).

pingón, pingona (págs. 44, 77, 148, 149, 174, 176): «harapiento, harapienta». Creación sobre «pingo: harapo o jirón que cuelga». Es frecuente en la obra de don Ramón. «Entra una vieja pingona con el féretro» («La rosa de papel», *Retablo de la Avaricia, la Lujuria y la Muerte,* 1927, pág. 98). Además, «la Pingona» es uno de los personajes de esta obra.

pipi (pág. 47): «inocente, bobo». «No hay ningún pipi / a quien poder dar un timo» (J. Estremera, «Quisicosas», *Madrid Cómico,* Madrid, 21-XII-1884, pág. 3); «cómo otros pipis progresan» (R. Monasterio, «Cerote y Madeja», *ídem*, 28-XI-1885, pág. 6); «pipi de Real Orden» («Baza de espadas», *El Sol,* Madrid, 26-VI-1932, pág. 2).

pirante (pág. 78): «golfo». «La tunería de daifas y pirantes» (*Viva mi Dueño,* 1928, VIII, x, pág. 391); «¡Pirante!» («Baza de espadas», *El Sol,* Madrid, 17-VI-1932, pág. 2).

Pitágoras (pág. 142): (580-500 a. C.), filósofo y matemático griego.

pito (pág. 113): «cigarrillo». «¿Quiere usté un pito? / ¡No gasto!» (A. Casero, *La gente del bronce,* Madrid, 1896, pág. 127); «¡Fumaremos un pito!» («Fin de un revolucionario», *Los Novelistas,* Madrid, 15-III-1928, pág. 55).

Polis (pág. 78): «policías». Con la frase de «Polis Honorarios» se refiere a los miembros de la asociación «cívica» Acción Ciudadana.

política (pág. 90): «cortesía». «La reprendió con política» (López Silva y Fernández Shaw, *Sainetes madrileños,* Madrid, 1911, pág. 55); «Más ganaremos con palabras de política» *(Cara de Plata,* 1923, I, 1, pág. 22); «¿Quiere verse su merced con cuánta política le solicito la tiorba a ese pollo merengue?» *(Viva mi Dueño,* 1928, V, vii, pág. 201).

Polonia: ¡Mal Polonia recibe...! (pág. 51): cita de la obra de Calderón *La vida es sueño* (I, 1).

pollo *(Dramatis,* págs. 38, 92, 120, 127, 192): «hombre joven». «Sube a ver a Soledad / un pollo todos los días» *(Madrid Cómico,* Madrid, 1-V-1886, pág. 4); «Pollo, mi ronquera es de nacimiento» («Sacrilegio», *Retablo de la Avaricia, la Lujuria y la Muerte,* 1927, pág. 320); «¿Sabe vuestra majestad que ese pollo es un perdis?» *(La Corte de los Milagros,* 1927, I, vi, pág. 21).

Popular, El (págs. 108, 124): periódico no localizado, probablemente invención del autor para criticar algunas maneras de hacer periodismo. (Véase Taller de lectura, págs. 234, 238).

por un casual (págs. 70, 154): «por casualidad». «Si habría por un casual» (E. Noel, *Las capeas,* Madrid, 1915, pág. 62); «por un casual teníala visto» *(Águila de Blasón,* 1922, V, 3, pág. 312); «¿Usted estaba presente, por un casual?» *(La Corte de los Milagros,* 1927, II, xiv, pág. 69).

por veces (pág. 89): (arc.) «a veces». Frecuente en la obra de Valle-Inclán. «Por veces, una voz muy temerosa clama» *(Los Cruzados de la Causa,* 1908, pág. 137); «por veces se las lleva el aire» *(La Corte de los Milagros,* 1927, V, ix, pág. 186).

Potestades (pág. 142): v. **Cuatrivio.**

previlegiado (págs. 65, 69, 74, 213): «privilegiado».

prójimas (pág. 150, 152): «tipas, mujeres». Frecuente con cierto sentido despectivo. «Una prójima de las que tienen un amante» («Rosita», *Corte de Amor,* 1903, pág. 46).

propi (pág. 206): «propina». Una de las apócopes frecuentes en el habla madrileña, como «delega», *«La Corres»*, «poli».

propia (pág. 177): «realmente». Es frecuente en la obra de don Ramón el uso de «propio/a» con el sentido de «mismo», «realmente». «Yo propio le vi matar» *(La Corte de los Milagros,* 1927, III, vi, pág. 114); «la propia jeta de un disciplinante» *(Tirano Banderas,* 1927, pág. 284); «¡Eres propio un diablo tentador!» *(Viva mi Dueño,* 1928, V, xii, pág. 213).

punto (pág. 88): «individuo, sujeto». «¡Vaya un punto / con tuétanos y forro!» (J. López Silva, «Pérez», *Madrid Cómico,* Madrid, 14-II-1891, pág. 3); «los puntos que bebían y charlaban» (B. Pérez Galdós, *Amadeo I,* Madrid, 1910, pág. 246); «La oratoria de ese punto no vale un pimiento» («Baza de espadas», *El Sol,* Madrid, 16-VI-1932, pág. 2).

pupila (págs. 207, 210): «astucia, vista, precaución». «Si se tiene pupila» (J. López Silva, *Los barrios bajos,* Madrid, 1898, pág. 105); «tiene pupila este sujeto» *(Farsa y Licencia de la Reina Castiza,* 1922, II, pág. 111); «andarse con pupila» *(La Corte de los Milagros,* 1927, IV, ix, pág. 149); «un desgraciado de muy poca pupila para guipar lo que sucede» *(Viva mi Dueño,* 1928, III, xxii, pág. 137).

¡Que haya un cadáver...! (pág. 120): v. **cadáver.**
quedar de un aire (pág. 171): v. **aire.**
quince (págs. 61, 69): «vaso de vino que vale quince céntimos». «¿Usté quiere un quinse de vino blanco o un chato de mansaniya?» (José A. Vázquez, «El torero del barrio», *Por esos mundos,* Madrid, 1908, pág. 250); «el regalo de un quince» (J. López Pinillos, *Lo que confiesan los toreros,* Madrid, 1917, pág. 98).
Quintero (pág. 197): Serafín (1871-1938) y Joaquín (1873-1944) Álvarez Quintero, célebres dramaturgos.

Real Orden (pág. 60): «de forma inapelable». Tiene el mismo sentido que frases como «por decreto, por real decreto». «Pipi de Real Orden» («Baza de espadas», *El Sol,* Madrid, 6-VI-1932, pág. 2); «madrileño que de real orden / eres tonto por dentro y por fuera» (F. Vighi, poema «Regionalismo», escrito en 1920).
resultas (pág. 203): «resultados». Es voz gallega, arcaísmo castellano y también americana. «En últimas resultas hay una bala» *(Tirano Banderas,* 1927, pág. 163).
revenir, revenida (pág. 62): que tiene un ojo seco, consumido.
Revista de Tribunales y Estrados (pág. 122): publicación no localizada. Tal vez una variación sobre *Revista de los Tribunales* (Madrid, 1875-1935).
revolante (pág. 186): v. **suspirante.**
revolver (pág. 198): «torcer». «Te den una hurgonada al revolver cualquier esquina» (F. Ruiz Morcuende, *Vocabulario de don Leandro Fernández de Moratín,* Madrid, 1945, vol. II, pág. 1347).

roel (pág. 71): (fr.) «mancha redonda», de «roelle: disco, círculo». «Cabeza cenicienta y salpicada de roeles blancos» (*Gerifaltes de antaño,* 1909, pág. 114).
Romanones (pág. 78): Álvaro de Figueroa y Torres (1863-1950), conde de Romanones, hijo de uno de los hombres más ricos de su tiempo. Popularmente se le consideraba una persona tacaña.
roña (págs. 149, 206): «tacaño, tacañería». «No seáis roñas, rascaros una blanca» (*Viva mi Dueño,* 1928, V, xi, pág. 207); «¿Roña o penitencia?» («Baza de espadas», *El Sol,* Madrid, 16-VI-1932, pág. 2).
rufo (pág. 105): «rufián, valentón». «Aquel rufo del tufo y del manteo» (*Farsa y Licencia de la Reina Castiza,* 1922, III, pág. 130); «jaques y rufos, con baladro vinoso» (*Viva mi Dueño,* 1928, V, xiv, pág. 216).
Rute (pág. 68): «anís».

Snt James Squart (pág. 58): se refiere a Saint James's Square, en Londres.
¡Salutem plurimam! (pág. 53): «mucha salud, buena salud», frase de salutación latina que solía ponerse al comienzo de las cartas. «¡Salutem plurimam!» (*Tirano Banderas,* 1927, pág. 271).
santi boni barati (pág. 119): deformación del italiano «santi, boniti, barati», pregón de vendedores de unos barros italianos muy populares. «Un capricho de tocador en barro cocido de esos que los artistas florentinos reparten por el mundo para satisfacer caprichos de enamoradas» (A. Sawa, *La mujer de todo el mundo,* Madrid, 1888, pág. 9).
Saulo (pág. 103): el apóstol San Pablo. (Véase Taller de lectura, págs. 236-237).
Secta Teosófica (pág. 57): v. **teósofo.**
Segismundo (pág. 81): personaje de la obra de Calderón *La vida es sueño.* La cita es (jornada II, escena III): «Señor / soy un grande agradador / de todos los Segismundos». El sentido es «doblegarse ante los poderosos», «ser su bufón».
¡Semejante al nocturno peregrino... (pág. 203): cita del poema «A Gloria», de Salvador Díaz Mirón —«semejante al nocturno

peregrino / mi esperanza inmortal no mira al suelo»—, que el autor trajo consigo de su primer viaje a México, y publicó en la revista pontevedresa *Extracto de Literatura* (año I, núm. 35, 2-IX-1893, págs. 11-12).

semita (pág. 103): se refiere a la Barcelona industrial y explotada del obrero. (Véase Taller de lectura, págs. 233-234).

Señá (págs. 175, 177): «señora». Vulgarismo muy frecuente. «La señá Isabel» (A. Palacio Valdés, *José,* ed. de J. Campos, Madrid, 1986, pág. 75); «Señá Melania» (López Silva y Fernández Shaw, *Sainetes madrileños,* Madrid, 1911, pág. 8); «¡Señá madre!» *(Viva mi Dueño,* 1928, V, x, pág. 207).

Señora (pág. 117): v. **Isabel.**

sería bien (pág. 47): «estaría bien». Uso incorrecto del castellano que hace madame Collet.

sermo vulgaris (pág. 85): (latin.) «habla vulgar».

Silvela (pág. 112): Francisco Silvela (1843-1905), político, periodista y escritor. Tenía fama de ser un temible polemista y orador, por lo que se le apodaba «la daga florentina».

sombra, mala sombra (págs. 62, 64): «persona sin gracia, de mal agüero». «Antoñico tiene buena sombra y me hace reír» (A. Palacio Valdés, *Los majos de Cádiz,* Madrid, 1896, pág. 200); «¡Ahueca, mala sombra!» («Farsa y Licencia de la Reina Castiza», *Tablado de Marionetas,* 1930, III, pág. 321).

sombrerera (pág. 155): «cabeza».

sus (pág. 89): «os». Vulgarismo muy frecuente. «Sus honra esta protesta» (J. López Silva, *Los barrios bajos*, 1898, pág. 11); «¡Quitarsus de enmedio!» (López Silva y Fernández Shaw, *Sainetes madrileños,* Madrid, 1911, pág. 38); «sí que sus dejo» *(ídem,* pág. 81).

suspirante (pág. 92): «se aplica al que o a lo que suspira. No frecuente» (M. Moliner). Es usual en la obra de don Ramón el empleo de participios activos, como «clamorante», «taconeante»... «Locuras dislocantes» («Rosita», *Corte de Amor,* 1903, pág. 15); «jacos pequeños y trotinantes» *(Flor de Santidad,* II, 1904, pág. 66); «el sonante y abollado / haz de un escudo»

(Voces de Gesta, 1912, II, pág. 74); «el séquito joyante de tornasoles» *(La Corte de los Milagros,* 1927, I, viii, pág. 25).

tabernáculo (pág. 204): «taberna». «En este tabernáculo sospecho / que hay lágrima famosa y malvasía» (Lope de Vega, *El perro del hortelano,* ed. de A. David Kossof, Madrid, Castalia, 1970, pág. 180).

Tartufo (pág. 84): personaje de la obra de Molière, y símbolo de persona hipócrita, falsa.

tenía apostado (pág. 181): por influencia de la lengua gallega, don Ramón emplea frecuentemente la construcción «tener seguido de participio», con el sentido de acción reiterada, repetida anteriormente. «Tengo oído mucho» («Rosarito», *Femeninas,* 1895, pág. 192); «tengo amado mucho» *(Sonata de Estío,* 1933, pág. 153).

teosófica, teosóficamente (págs. 112, 173): v. **Blavatsky.**

teósofo (págs. 113, 120): adepto a la teosofía. V. **Blavatsky.**

Terremoto (pág. 204): apodo del torero Juan Belmonte que él mismo mencionaba. Véase la entrevista que le realiza J. López Pinillos, «Belmonte en Capua»: «verá usté mis bacanales. Apunte. Locuras de Juan Terremoto. Juan Terremoto se levanta a las onse...» *(Lo que confiesan los toreros,* Madrid, 1917). V. **Belmonte.**

tintas (pág. 183): «vasos de vino». «Vamos a tomar unas tintas» (J. y S. Álvarez Quintero, «Nena Teruel», *Teatro,* París, s. a., pág. 214).

tolondrear, tolondrea (pág. 171): «aturde con el ruido». El autor crea el verbo «tolondrear» o «tolondrar», probablemente pensando en «atolondrar», y con sentido muy semejante al que tiene la voz gallega «atordoar» (atolondrar): «(1) perturbar las facultades mentales, los sentidos, mediante barullo, conmoción, golpe..., (2) admirar, alucinar, espantar». «Los cabestros en fuga, tolondrean la cencerra» *(Tirano Banderas,* 1927, pág. 353); «tolondró la campana: / —¡Señores viajeros, al tren!» *(La Corte de los Milagros,* 1927, VII, iv, pág. 260). En al menos otro caso lo usa con el sentido de «moverse de un modo asombroso, alucinante» como «¡Tolondrean las estrellas, comadre!» («Ligazón», *Retablo de la Avaricia, la Lujuria y la Muerte,* 1927, pág. 26).

tomar, tomó (pág. 161): «cogió». «La tomó de muy largo» *(Tirano Banderas,* 1927, pág. 78); «no me dejaré tomar en la cama» *(ídem,* pág. 180).

troglodita, tres tristes trogloditas (pág. 77): referencia a la zarzuela *Tres tristes trogloditas* (segunda parte de los *Triunviros),* de E. López Marín (Madrid, s. n., 1890); música de Rodríguez y Mateos. Esta obra tuvo mucha popularidad, y la hallamos citada en otros autores: «echaron una comedia / que nos hizo de reír / las tripas /. —¿Cuál? / —Los *Tres tristes trogloditas»* (J. López Silva, *Los barrios bajos,* Madrid, 1898, pág. 164).

troglodita asturiano (pág. 86): era frecuente en Madrid que los serenos fuesen gallegos o asturianos. «Gallego según la ley» (C. Navarro, «El sereno de mi calle», *Madrid Cómico,* Madrid, 4-I-1885, pág. 19).

tropel de ruiseñores (pág. 83): recuerda la obra de Salvador Rueda *En tropel de ruiseñores* (1892).

u séase (pág. 204): «o sea».

Unamuno, Miguel de (pág. 115): escritor español (1864-1936).

valenciano, dicho en valenciano (pág. 119): alusión a Benlliure, que era natural de Valencia.

vate de Nicaragua (pág. 110): Rubén Darío.

velas, a dos velas (pág. 180): «borracho». El autor juega con los sentidos de «quedarse a dos velas, estar a dos velas», indicando que Don Latino no se entera de nada debido a su estado alcohólico.

Venus, regalo de (pág. 127): Venus, diosa del amor y de los placeres. El regalo es la sífilis, enfermedad, que entre otras consecuencias, podía causar la ceguera.

Verlaine (pág. 147): Paul Verlaine (1844-1895), poeta francés.

Viaducto (pág. 164): fue relativamente frecuente en Madrid que los suicidas se arrojasen desde el Viaducto. «Suicidio. Anoche a las tres y minutos, aprovechando un descuido de los guardias, arrojóse por el Viaducto...» (Dorio de Gadex, *Amor de reina,* Madrid, 1911, pág. 36).
viento (pág. 87): «vanidad, jactancia».
Villaespesa (pág. 145): Francisco Villaespesa (1877-1936), poeta y dramaturgo. Colaboró teatralmente con los hermanos Machado. Fue un incesante fundador de revistas literarias, la mayoría de muy corta vida.
vindicta pública (pág. 177): «a la vista del público». Uso de un cultismo en el habla popular, variando su significado.
Voluntades (pág. 142): v. **Cuatrivio.**
vulgaris (pág. 85): v. **sermo.**

William (pág. 196): William Shakespeare (1564-1616).

yerno (pág. 119): alusión crítica a la corrupción de la vida civil española colocando en puestos y cargos a familiares y amigos. Debe resaltarse que el presidente del Gabinete, García Prieto, era conocido como el «yerno», dada su relación con Montero Ríos. V. Luis de Tapia, «Coplas del día»: «el procedimiento eterno / de que yernos, hijos, tíos / y primos formen Gobierno. / Y en efecto, amigos míos, / hoy vendrá al poder... un yerno / de Eugenio Montero Ríos» *(El Imparcial,* Madrid, 3-XI-1917, pág. 1). El mismo autor al día siguiente comenta: «García Prieto cuanto más se piensa / menos se explica el triunfo de este yerno» *(ídem,* pág. 3).
Yorik (pág. 197): personaje de *Hamlet,* de W. Shakespeare.